那些你可能
不知道的历史

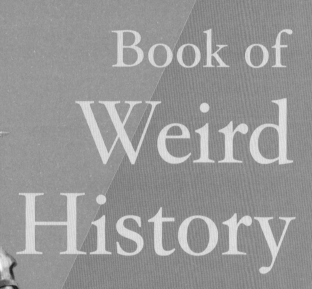

Book of
Weird
History

[英]丹·皮尔 [英]艾玛·伍德 编著

高乐淮 译

中国画报出版社·北京

图书在版编目（CIP）数据

那些你可能不知道的历史 / (英) 丹·皮尔, (英)
艾玛·伍德编著；高乐淮译. -- 北京：中国画报出版
社, 2024.3
（萤火虫书系）
书名原文: All About History: Book of Weird
History
ISBN 978-7-5146-1914-0

Ⅰ.①那… Ⅱ.①丹… ②艾… ③高… Ⅲ.①新闻报
道 - 作品集 - 世界 - 现代 Ⅳ.①I15

中国国家版本馆CIP数据核字（2023）第251722号

FUTURE

北京市版权局著作权合同登记号：01-2023-5580

那些你可能不知道的历史

［英］丹·皮尔 ［英］艾玛·伍德 编著   高乐淮 译

出 版 人：方允仲
责任编辑：李聚慧
责任印制：焦 洋

出版发行：中国画报出版社
地   址：中国北京市海淀区车公庄西路33号 邮编：100048
发 行 部：010-88417418 010-68414683（传真）
总编室兼传真：010-88417359 版权部：010-88417359

开   本：16开（787mm × 1092mm）
印   张：10.25
字   数：160千字
版   次：2024年3月第1版 2024年3月第1次印刷
印   刷：北京汇瑞嘉合文化发展有限公司
书   号：ISBN 978-7-5146-1914-0
定   价：68.00元

欢迎走进

那些你可能
不知道的历史

  有些历史循规蹈矩，一本正经；有些则荒诞不经，不同寻常。那些正史内容被写进教科书，代代相传，而那些奇闻逸事又是如何塑造我们的世界的呢？本书跨越时空，汇集了有史以来我们认为最怪异、最有趣的事实、故事和作品，带你游历无奇不有的社会百态，结识形形色色的奇人异士，了解他们及其生活方式如何影响了现在的世界。通俗易懂、妙趣横生的文字会带给你怎样的想象？快来体验一趟难忘的历史旅程吧！

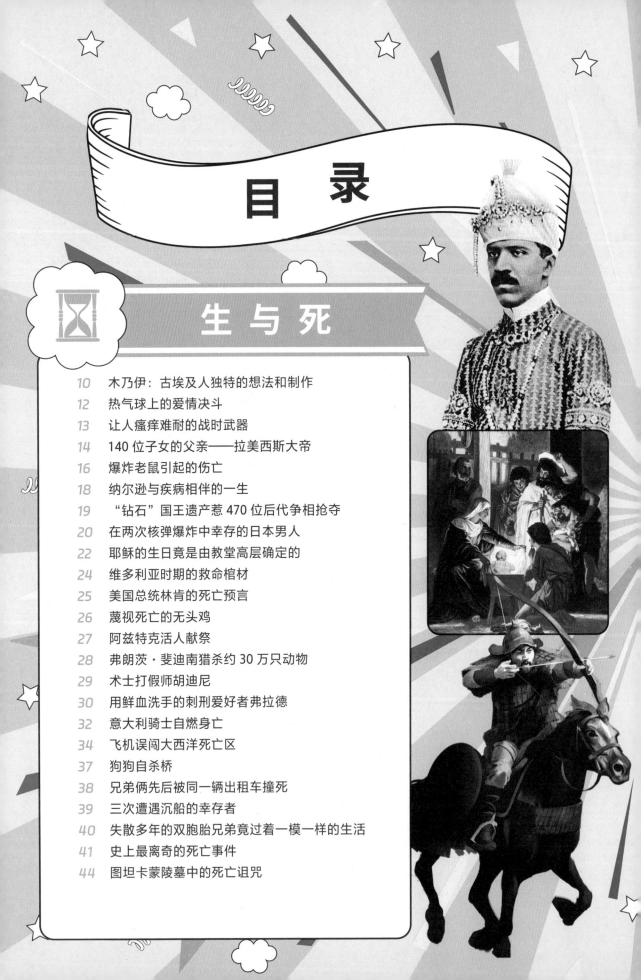

目　录

生 与 死

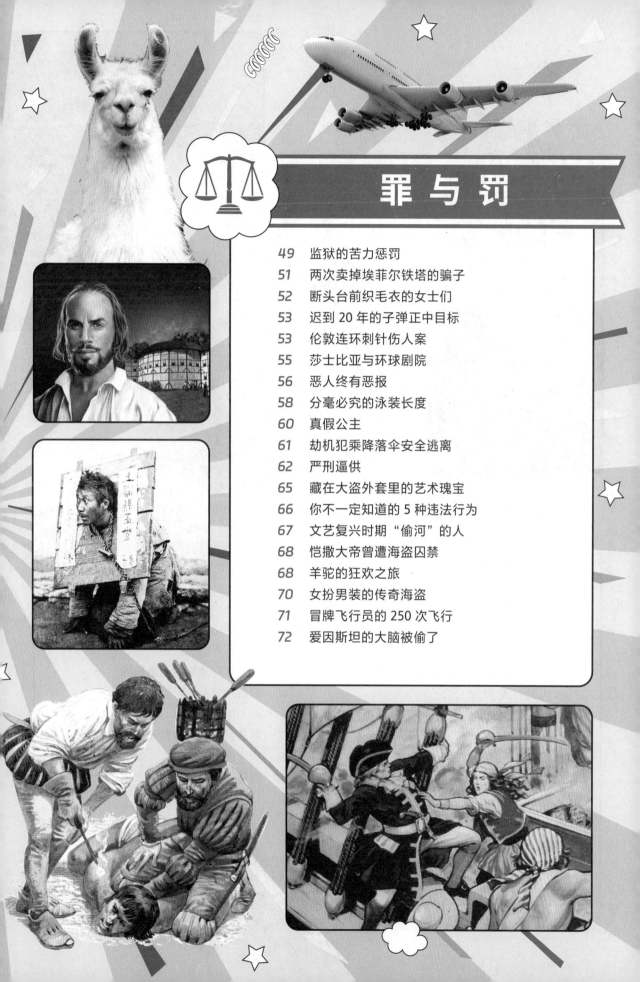

罪与罚

发明与发现

健康与医药

体育、艺术与娱乐

生 与 死

木乃伊：古埃及人独特的想法和制作

永生并不只是灵魂的永存。古埃及人认为人的灵魂和生命力只有定期重返躯体才能存续，所以要妥善保存亡者的尸体。为了防止腐坏，这些尸体需要经过漫长且令人毛骨悚然的过程制作成木乃伊。

经过数千年的发展和完善，古埃及人制作

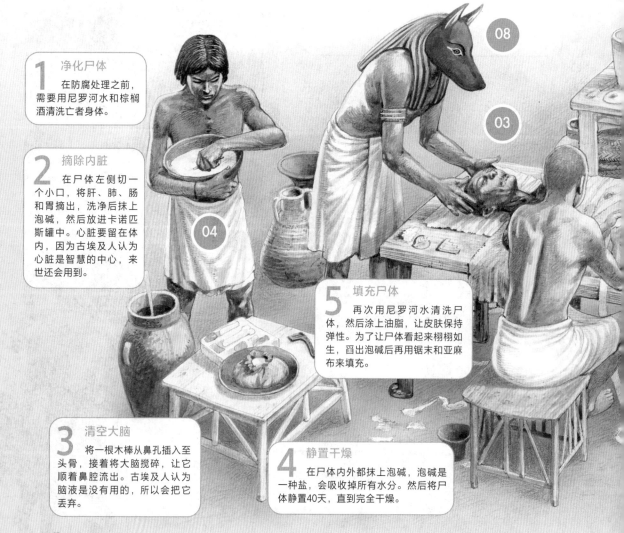

1 净化尸体
在防腐处理之前，需要用尼罗河水和棕榈酒清洗亡者身体。

2 摘除内脏
在尸体左侧切一个小口，将肝、肺、肠和胃摘出，洗净后抹上泡碱，然后放进卡诺匹斯罐中。心脏要留在体内，因为古埃及人认为心脏是智慧的中心，来世还会用到。

3 清空大脑
将一根木棒从鼻孔插入至头骨，接着将大脑搅碎，让它顺着鼻腔流出。古埃及人认为脑液是没有用的，所以会把它丢弃。

4 静置干燥
在尸体内外都抹上泡碱，泡碱是一种盐，会吸收掉所有水分。然后将尸体静置40天，直到完全干燥。

5 填充尸体
再次用尼罗河水清洗尸体，然后涂上油脂，让皮肤保持弹性。为了让尸体看起来栩栩如生，舀出泡碱后再用锯末和亚麻布来填充。

出了一些世界上保存最完整的木乃伊，如今我们看到的那些男男女女和儿童木乃伊的脸几乎和2000多年前一样。

最复杂的木乃伊制作方式大约出现在公元前1550年，被公认是最佳的保存方法。这种方法需要去除内脏，脱去肉体水分，并用亚麻布包裹尸体。这一过程耗费巨大，大约需要70天才能完成，因此只有非常富有的人才能负担得起。普通人则会采用另一种保存方法，即用雪松树油液化内脏，通过直肠排出，然后将尸体浸泡在泡碱中脱水。

防腐师技法纯熟，不仅解剖知识丰富，手法也相当稳健。他们在通常情况下也会承担祭司的角色，因为为死者举行宗教仪式在木乃伊制作过程中同样重要。经验最为丰富的祭司还会负责其他主要环节，例如包裹尸体。在这一过程中，祭司会戴上豺狼面具，象征掌管木乃伊和来世的阿努比斯神。

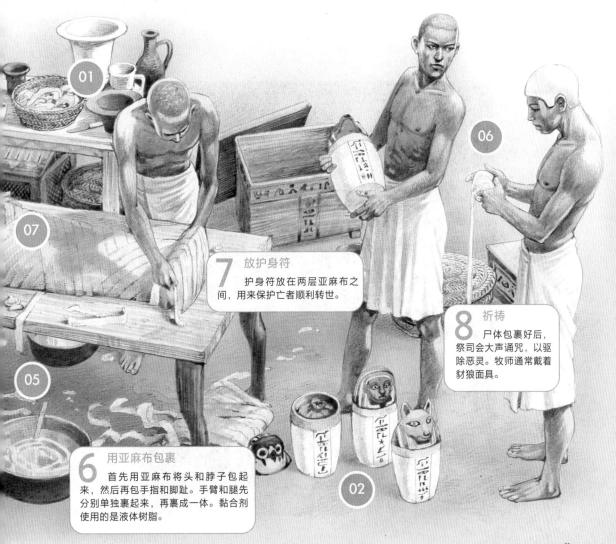

7 放护身符
护身符放在两层亚麻布之间，用来保护亡者顺利转世。

8 祈祷
尸体包裹好后，祭司会大声诵咒，以驱除恶灵。牧师通常戴着豺狼面具。

6 用亚麻布包裹
首先用亚麻布将头和脖子包起来，然后再包手指和脚趾。手臂和腿先分别单独裹起来，再裹成一体。黏合剂使用的是液体树脂。

热气球上的
爱情决斗

　　史上最匪夷所思的一场决斗发生在 19 世纪的巴黎。据称，格朗普雷（Monsieur de Grandpre）和皮克（Monsieur de Pique）陷入了三角恋纷争，为了让众人知道他们身份高贵，二人决定在热气球上进行决斗。1808 年 5 月 3 日，两人各自带了一把老式猎枪和驾驶员登上热气球。皮克先开了枪，但没有击中对方的热气球。格朗普雷枪法更准，皮克的热气球立即瘪了，皮克和驾驶员双双坠亡。

让人瘙痒难耐的
战时武器

▲ 这位挪威战士就是把痒痒粉涂在避孕工具上的人

战时使用的痒痒粉虽不会致人死亡，但威力不容小觑，中招的人会浑身瘙痒难耐，疯狂抓痒。留存下来的使用说明书上写着"将粉末涂于内衣内侧效果最佳。"痒痒粉还有个更阴险的作用。有报道称，科学家在战争初期研制的一种痒痒粉效果极强，要是弄到了眼睛里，就会有失明的风险。

140 位子女的父亲
——拉美西斯大帝

　　法老需要挑选合适的子嗣作为王位的继承人，古埃及的拉美西斯大帝对这项王室任务尤其感兴趣。在他父亲塞提一世统治的头十年里，十几岁的拉美西斯生了 10 个儿子和 10 多个女儿。他漫长的一生中娶了 6 到 8 位正妻，有几十个小妾和不计其数的情人。据说他有大约 80 个儿子和 60 个女儿，即使以法老的标准来看，这个数字也是令人惊奇的。

　　拉美西斯让儿子们担任高级行政职务，还把前 12 个儿子培养为王室继承人，但拉美西斯比他们所有人都长寿。他的第 13 个儿子美尔奈普塔（Merenptah）在公元前 1214 年左右继位，但这时美尔奈普塔已 60 岁了。

爆炸老鼠
引起的伤亡

使用爆炸老鼠是"二战"期间最机智的妙计之一。爆炸老鼠的制作过程是这样的，首先要把老鼠的皮剥下来，往里面装满塑性炸药，然后再缝合起来。如此一来，爆炸老鼠看起来还是很像刚死去的老鼠。这样做的目的是把它们放在德国锅炉附近，比如火车上或军事基地上使用的锅炉。这时，毫无戒心的纳粹士兵就会把它们扔进火里，然后引发爆炸。

虽然是少量炸药，但锅炉内的高压会把它们的威力放大好几倍，很有可能引起更严重的爆炸。事实证明，爆炸老鼠除了引起人员伤亡外，还会破坏重要的基础设施，在德国的统治阶层和民众中引发恐慌。

然而，爆炸老鼠后来再也没有用过了。当时还以为德国人要花些时间才能找到罪魁祸首。但德国人不久就截获了一个装满死老鼠的集装箱，这引起了他们的警觉。随后他们花费了大量人力来搜查这些死老鼠的使用证据。

纳尔逊与疾病相伴的一生

1771 纳尔逊（Nelson）的海军生涯一开始就遇到了海军的终极噩梦——晕船症，他长期忍受着晕船的痛苦。他的余生都因此而痛苦不堪。

1776 纳尔逊患上了疟疾，后来这病还反复发作。第一次发病几乎要了他的命，但也让他幻听到自己以后会成为英雄。

1780 在圣胡安期间，纳尔逊患上了各种各样的疾病——痢疾、黄热病、胸痛，甚至水果中毒。

1781 在伦敦的时候，纳尔逊抱怨他的左臂和左腿总是很疼。他左手的手指也总是发白、肿胀，没有知觉。

1782 和当时的很多水手一样，纳尔逊和他的船员都得了坏血病，这个病后来还反复折磨着他，在之后的航行生涯中他努力想要减轻痛苦。

787 从西印度群岛回来后，纳尔逊就高烧不退，有人担心他就此去世，还准备了一桶朗姆酒用来保存他的身体。

1794 在巴斯蒂亚，纳尔逊差点被一枚重弹爆炸卷起的松土压死。几天后，他在一次爆炸中被土块和岩石击中，右眼失明。

1797 在一场战争中，纳尔逊的右肘上方被一颗火枪子弹击中。他被宣布死亡，但船上的外科医生切除了他的前臂。半小时后，他重返战场。

1798 纳尔逊在战争中被弹片击中。他再次宣称自己快死了，但还是在血流不止的情况下继续指挥战斗。余生他都饱受头痛之苦。

1799 据说在西西里岛的巴勒莫期间，纳尔逊自认为心脏病发作，还伴有抑郁症、头痛和消化不良等症状。

1801 纳尔逊再次宣告他死期将近，因为他经历了好几次严重的中暑，呕吐得很厉害。但很快他就恢复过来了。

1805 在特拉法加战役中，纳尔逊的肩膀和脊柱被击中。他再一次说："我的日子不多了。"这一次成真了。

"钻石"国王遗产惹470位后代争相抢夺

19世纪晚期，印度海得拉巴的统治者奥斯曼·阿里·汗（Osman Ali Khan）通过开采钻石发家致富。此人性格古怪，花了5000万英镑（8290万美元）买了一颗鸵鸟蛋大小的钻石，用来做镇纸，他还有一个1.6千米长的衣橱，里面装满了丝绸和精美织布。他的一个地下金库里停满了满载金币和珍贵宝石的卡车。但这位国王最大的失策无疑是风流。据称，他有86个情妇和100多个私生子。奥斯曼去世后，他的470名子孙后代蜂拥抢夺他在伦敦银行账户中留下的3000万英镑。

在两次核弹爆炸中
幸存的日本男人

1945 年 8 月 6 日，一枚核弹在日本广岛上空爆炸，造成数万人死亡。在东京出差的山口疆（Tsutomu Yamaguchi）是幸存者之一。他当时距离爆炸中心只有 3 千米。山口疆的左半边身体严重烧伤，耳膜受损，双眼出现暂时性失明。那天晚上，他在一个防空洞里落脚，但第二天感觉身体并无大碍，就回到了长崎的家。1945 年 8 月 9 日，山口疆已经回到公司上班，这天又一枚核弹在长崎落下。数万人在爆炸中丧生，但山口疆又一次奇迹般地死里逃生。他是唯一一个在两次核爆炸中幸存下来的人，一直活到了 2010 年，享年 93 岁。

耶稣的生日竟是由教堂高层确定的

关于耶稣的研究始终没有定论，稍有进展就会有无数的问题被抛出来。有证据表明，耶稣确实是一个活生生的人，被罗马的犹太长官彼拉多钉死在十字架上。但当我们试图确认他的确切生卒日期时，一切又变得模糊不清。我们坚信耶稣曾活在这个世上，但没有证据能够表明 12 月 25 日就是他的生日。

甚至教皇本笃十六世也对耶稣的出生日期提出了质疑，认为 6 世纪的僧侣狄奥尼修斯·伊希格斯（Dionysius Exiguus）可能在计算上出了错。教皇和民众普遍认同耶稣出生在公元前 6 年到公元前 4 年之间的观点。耶稣的出生年份是大致估算出来了，而确定具体日期的难度则更大。因为《圣经》中并没有记载耶稣的生日，甚至没有记载季节。

公元 300 年左右，耶稣的生日被确定为 12 月 25 日。当时，基督教想尽办法确立自己在罗马帝国的主导宗教地位。基督教教皇注意到异教仪式的流行，意识到他们需要创造自己的年度庆祝活动。异教徒的圣诞节是 12 月 21 日，基督教指定的日期非常接近，定在了 12 月 25 日，与罗马的农神节和伊朗的密特拉（正义的太阳神）诞生的庆祝活动直接重叠。

这一天究竟是否可以成为耶稣的生日引发了很多讨论，直到公元 336 年，首次庆祝耶稣诞生的活动在罗马举行。

维多利亚时期的救命棺材

有一种特殊的救命棺材可以让被误以为已经死去的人安全地出来，这在历史上都算是数一数二的奇事了。

1843 年，克里斯蒂安·亨利·艾森勃兰特（Christian Henry Eisenbrandt）设计了这种棺材，它的工作原理是在普通的铰链盖上安装一些杠杆和弹簧，这些杠杆和弹簧可以通过棺材里的运动检测设备激活，最终释放门闩。

棺材内有两个检测运动的机制：一个是套在人手指上可以滑动的圆环，一个是金属头部挡板。二者都用电线连接到棺材的开启装置，非常轻微的动作就可以触发棺材盖开启。

除了开启装置，这种救命棺材的棺盖上还有网孔，理论上在封棺后也能进入少量空气。

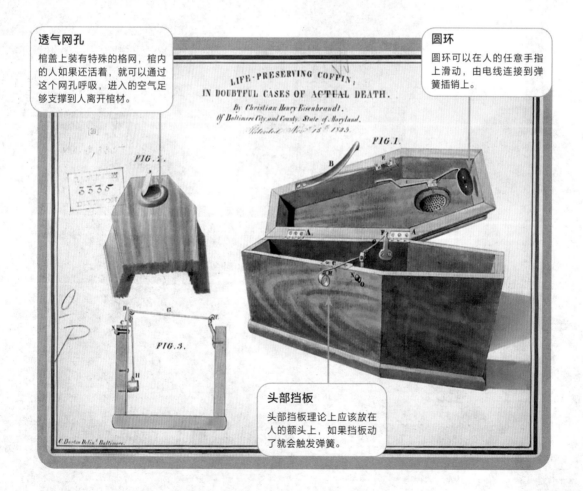

透气网孔
棺盖上装有特殊的格网，棺内的人如果还活着，就可以通过这个网孔呼吸，进入的空气足够支撑到人离开棺材。

圆环
圆环可以在人的任意手指上滑动，由电线连接到弹簧插销上。

头部挡板
头部挡板理论上应该放在人的额头上，如果挡板动了就会触发弹簧。

美国总统林肯的死亡预言

据林肯的朋友沃德·希尔·拉蒙（Ward Hill Lamon）说，1865年4月14日，林肯被暗杀的三天前，林肯讲了前一周他做的一个噩梦。拉蒙在他的林肯传记《亚伯拉罕·林肯回忆录1847—1865》中重述了这个故事，书中描述了林肯在梦中醒来，却在白宫听到了哭泣的声音。

林肯走过一个又一个的房间，没看到一个活人。他走到东厅，发现一个巨大的灵柩里放着一具裹着丧服的尸体。周围站着一些士兵和前来哀悼的人，哭声正是来自他们。林肯走近尸体，问一个士兵"白宫有人去世了吗？"，士兵顿了一下说："总统被人刺杀了。"

过去有很多评论家认为这个梦是在预言死亡，但或许它只能表明林肯在那段时间承受着巨大的精神压力。他在现实生活中受到的死亡威胁数不胜数，再加上经历了血雨腥风的内战，美国社会动荡不安，他的性命很可能已经被人虎视眈眈，这个担忧可能早就占据了他的大脑。

林肯在告诉拉蒙的三天之后，就被约翰·威尔克斯·布斯（John Wilkes Booth）暗杀了。

蔑视死亡的无头鸡

无头鸡麦克被砍断脖子还是没有死，直到今天这事还令人瞠目结舌。1945年的那一天，农民劳埃德·奥尔森（Lloyd Olsen）已经挥舞着斧头杀了40只鸡，但麦克和其他鸡都不一样。不知道怎么回事，刀刃并没有完全切断麦克的颈静脉，在那一击倒地后，它又站了起来，若无其事地继续前行。几天后，麦克还活着，所以奥尔森和妻子继续用移液管给它喂食喝水。

为了找出麦克活下来的原因，它被带到犹他大学。结果发现，麦克的脑干仍然完好无损，也就是说，麦克仍然能够维持最基本的生理机能。回到农场，当地居民听说了这只神奇的无头鸡，纷纷前来一探究竟，奥尔森夫妇开始向观众收取25美分的门票。之后，麦克又活了18个月，还变得小有名气。

阿兹特克活人献祭

献祭祭司

一男一女祭司负责主持献祭仪式。他们在移除献祭人的皮肤和器官过程中练就了精湛的解剖技术。

人祭规模

当时的阿兹特克帝国大约有1000万臣民。每日进行的活人献祭意味着无数无辜百姓被剥夺生命，受害人数或为人类历史之最。

献祭原因

活人献祭是为了取悦阿兹特克诸神以求持续的繁荣昌盛，而不是单纯的嗜血杀戮。据传，被活祭的人往往心甘情愿受死，因为他们被许诺来世会得到巨大的财富。

献祭方式

阿兹特克士兵想尽办法活捉敌人。记录在册的大量献祭方式都令人毛骨悚然。

弗朗茨·斐迪南猎杀约 30 万只动物

作为波希米亚的王储，弗朗茨·费迪南德（Franz Ferdinand）几乎可以独享广阔的狩猎场，而且他是一个十足狂热的猎人。弗朗茨的日记记录了捕杀各种动物的经历，其中包括 5000 多头鹿。

在他的捷克城堡里，大约有 10 万件猎物被制成标本并展出。每次因公出行时，他都会要求参加一次狩猎之旅，还经常向神枪手发起射击比赛。当然他经常是获胜的一方。

术士打假师胡迪尼

哈利·胡迪尼（Harry Houdini）非常震惊，自己的娱乐发明居然被拿来招摇撞骗，他乔装打扮后参加了揭秘术士的活动。

有的时候揭开骗局就是这么简单。骗子术士声称召唤到了亚伯拉罕·林肯的鬼魂，博览群书的胡迪尼只是问了一些关于总统生活的问题，但这个骗子根本回答不上来。

其他术士也给了胡迪尼验证自己聪明才智的机会。有一次，胡迪尼一整天都在膝盖上缠了厚厚的绷带，这样皮肤就能敏锐捕捉到一些微小的动作。因此，当他参加迎神会的时候，他能明显感觉到术士在桌子下面瑟瑟发抖。

用鲜血洗手的刺刑
爱好者弗拉德

小说家布拉姆·斯托克（Bram Stoker）作品的历史原型无疑喜欢鲜血。这个原型也许是弗拉德·德古尔（Vlad Dracul）。弗拉德在 1448 年至 1476 年三次统治瓦拉几亚。瓦拉几亚是现代罗马尼亚的三个主要省份之一。

作为统治者，弗拉德的父亲加入了由后来的圣罗马君主西吉斯蒙德（Sigismund）在 1408 年创建的龙骑士团，任务是保护基督教世界免受奥斯曼土耳其人的侵害。弗拉德和他的兄弟拉杜年幼时被土耳其穆拉德二世软禁六年，以确保他们父亲的忠诚。在这一时期，他很可能目睹了土耳其人残酷的刑罚。

登上王位后，弗拉德经常使用刺刑来惩罚贵族和农民。15 世纪末的欧洲流传着弗拉德·德古尔蘸人血吃面包的故事，一度让人把他和吸血鬼联系在一起。吸血鬼是罗马尼亚和巴尔干地区民间传说中的一种不死生物。当时的一首德国诗没有把弗拉德描写成一个嗜血者，而是写他会在吃饭前用人血洗手。

1476 年 12 月 26 日，弗拉德在布加勒斯特郊外的一场战斗中被杀，他的头颅被砍下来挂在杆子上献给苏丹穆罕默德二世。这可能是传说中吸血鬼必须被砍下脑袋才能被完全降伏的缘由。

意大利骑士自燃身亡

自燃死亡这样噩梦般的事件，一般认为只存在于过去的恐怖故事中。然而，在 15 世纪，一个可怜的意大利骑士就死于自燃。喝了几杯烈酒后，波洛诺斯·沃斯修斯（Polonus Vorstius）开始感到不舒服，打嗝喷出长长的火焰。很快，火焰吞噬了他的整个身体。没有人确切知道是什么导致了人体自燃，但这是历史上一个记录完整的死亡事件。据说，仅在过去的 300 年里就发生了 200 多起自燃身亡事件。

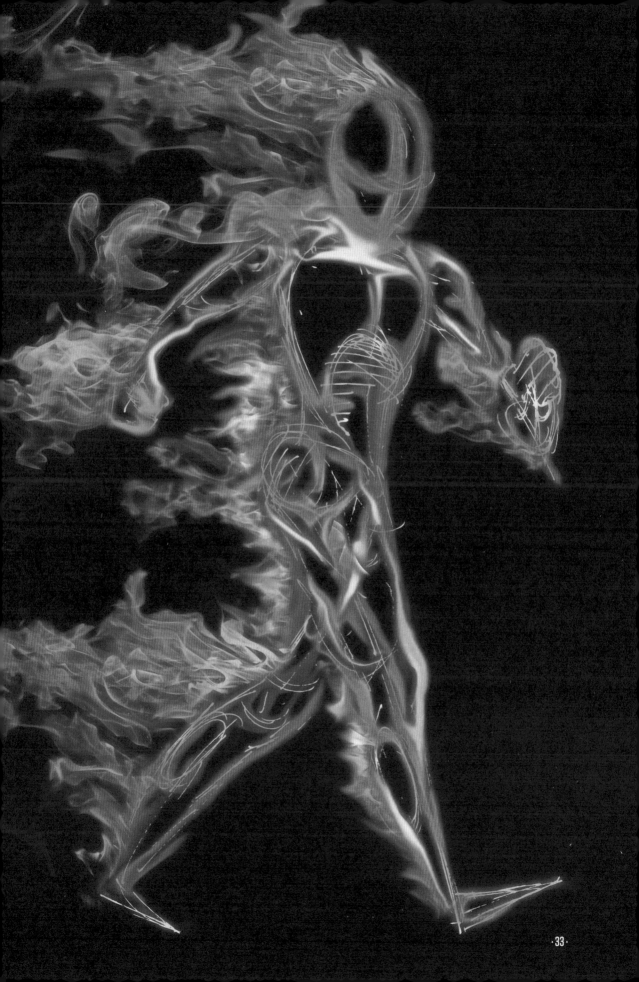

飞机误闯大西洋死亡区

百慕大群岛

佛罗里达州

波多黎各

加勒比海

在美国佛罗里达州、波多黎各和百慕大之间有一片海洋，几个世纪以来一直困扰着科学家。这片看似巨大的海域被称为百慕大神秘三角，面积约为71万平方千米，因失踪事件而为人所知。平均每年有4架飞机和20艘船只在该地区失踪，但残骸从未被发现。

神秘百慕大三角的第一份记录来自克里斯托弗·哥伦布（Christopher Columbus），他在1492年10月8日的日记中写道，船上的罗盘在该地区停止了工作。日记上还写着他看到天空中有一个火球。

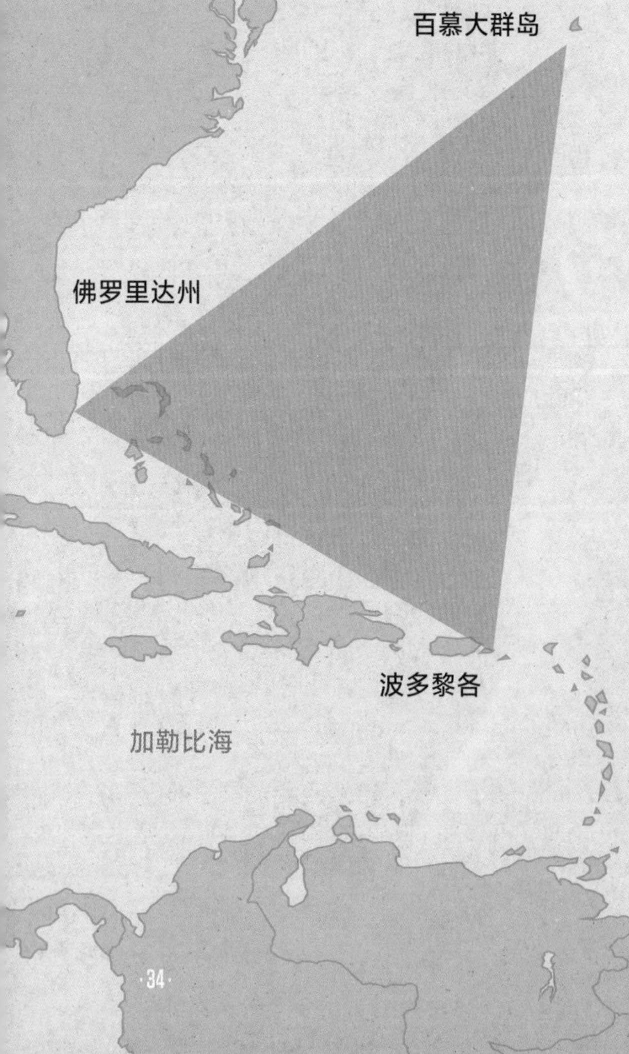

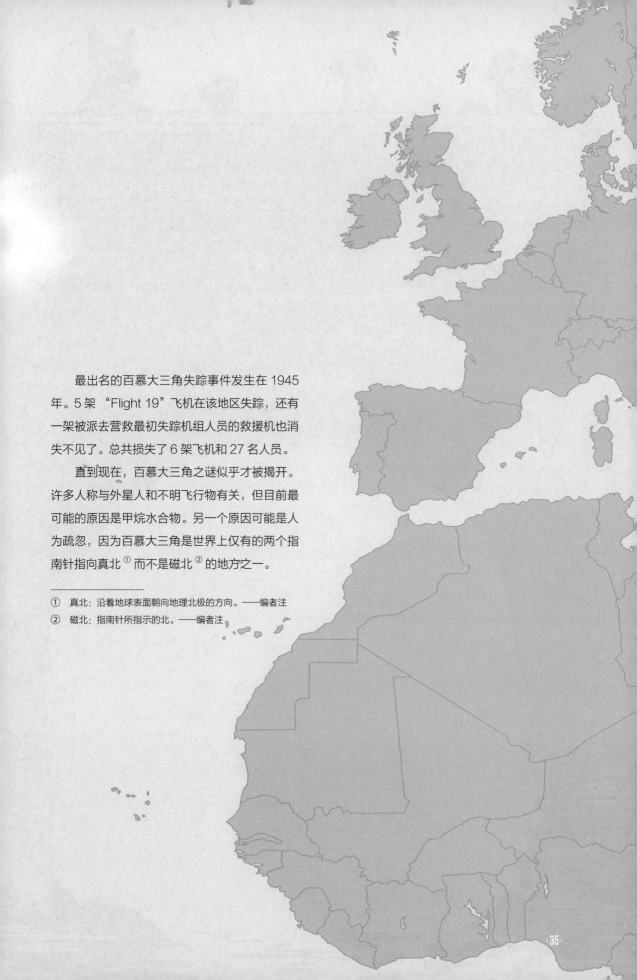

　　最出名的百慕大三角失踪事件发生在 1945 年。5 架 "Flight 19" 飞机在该地区失踪，还有一架被派去营救最初失踪机组人员的救援机也消失不见了。总共损失了 6 架飞机和 27 名人员。

　　直到现在，百慕大三角之谜似乎才被揭开。许多人称与外星人和不明飞行物有关，但目前最可能的原因是甲烷水合物。另一个原因可能是人为疏忽，因为百慕大三角是世界上仅有的两个指南针指向真北 ① 而不是磁北 ② 的地方之一。

----

① 真北：沿着地球表面朝向地理北极的方向。——编者注
② 磁北：指南针所指示的北。——编者注

狗狗自杀桥

苏格兰的奥弗顿桥因为狗狗自杀事件而为人所知，曾有 50 多只狗从桥上跳下摔死，还有数不清的狗狗也险些以同样的方式命丧于此。

苏格兰的这座让人毛骨悚然的"自杀桥"一直都是个未解之谜，科学家和心理学家都没能弄清楚是什么驱使狗狗跳桥自杀。一些当地人称这都是奥弗顿的怀特夫人的怨气所致，怀特夫人是附近庄园里的幽灵。也有人说纯粹是因为狗狗的好奇心让它们丧了命。

最近的一个说法似乎能给出更合理的解释，而且科学家们还通过实验得到了验证。生活在桥周围和桥下灌木丛中的水貂散发出一种对狗狗来说完全无法抗拒的气味，所以它们应该只是跟随气味去寻找源头。

不管怎样，奥弗顿桥还是引起了政府部门的重视，他们在桥上放置了警示牌提醒狗狗主人在桥上注意防范危险。"此桥危险，请牵好爱犬"的标识暗示着曾经很多只小狗在这里迈出了生命中的最后一步。

兄弟俩先后被同一辆
出租车撞死

————————

　　1975 年，17 岁的厄斯金·埃宾（Erskine Ebbin）在百慕大岛上骑摩托车时不幸被撞身亡。令人难以置信的是，肇事的出租车与一年前撞死他 17 岁的哥哥内维尔（Neville）的是同一辆车。据报道，事故发生在同一个十字路口，同一名司机载着同一名乘客，两兄弟骑的是同一辆摩托车！有些人甚至说，这两起事故发生的时间正好相隔一年。这似乎太过于离奇，让人难以相信。但有人分析指出，百慕大是一个人口稀少的小岛，这种巧合发生的可能性很小，但也不是没有。

三次遭遇沉船的
幸存者

　　当维奥莱特·杰索普（Violet Jessop）小时候被诊断出患有肺结核时，医生说她只能活几个月。但让人没想到的是，她不仅熬过了这场病，还在三次海难中幸存。

　　1910 年，维奥莱特在皇家邮轮奥林匹克号上找到了一份服务员的工作。第二年，这艘船与一艘军舰相撞，所幸船上所有人都活了下来。

　　1912 年，维奥莱特乘坐皇家邮轮泰坦尼克号起航。四天后，这艘船撞上冰山，她是少数几个登上救生艇的幸运者之一。

　　1916 年，英国皇家海舰莫名爆炸沉没，而维奥莱特又一次幸运地活了下来。"永不沉没的女士"最终于 1971 年去世，享年 83 岁。

失散多年的双胞胎兄弟竟过着一模一样的生活

双胞胎生活相似并不新鲜，但如果他们被两个不同的家庭养大会怎么样呢？从某个现实的例子来看，血缘显然占了上风。双胞胎兄弟吉姆·斯普林格（Jim Springer）和吉姆·刘易斯（Jim Lewis）都被收养家庭取名为詹姆斯，他们小时候养的狗名字也都叫"汤易"，而且他们都在俄亥俄州的郊区长大，彼此相距只有 72 千米。

但相似之处还不止于此。成年后，两人都结过两次婚（第一次都和叫"琳达"的人，第二次是和"贝蒂"），他们的第一个儿子都叫詹姆斯·艾伦（James Allen），都开着雪佛兰汽车，在各自的家乡担任过不同县的治安官。他们最终在 39 岁时找到了彼此，发现了两人的兄弟关系。

史上最离奇的死亡事件

有人说一定要穿干净的内衣，不然万一被车撞了之后会很尴尬。但对那些不幸的人来说，内衣的状况是他们最不担心的，因为他们死得太突然了。那些人的死因过于离奇，以至于他们的死亡瞬间永远都不会被人遗忘。

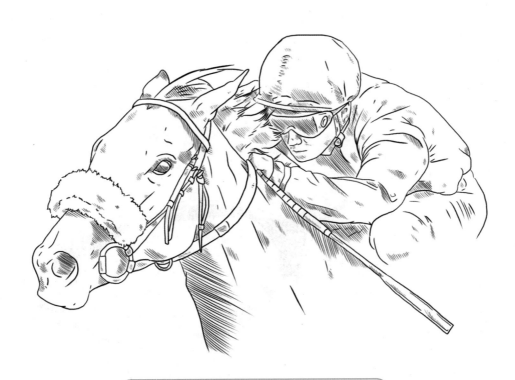

马背上的死亡

1923年，赛马骑师弗兰克·海斯（Frank Hayes）在比赛中心脏病发作去世，但他的身体仍固定在马鞍上。他的马获得了第一名，于是他成为唯一一个在死后赢得比赛的骑师。

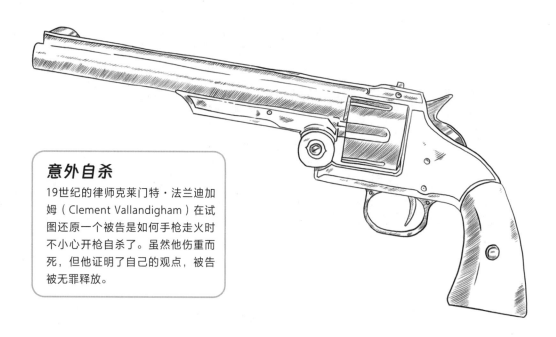

意外自杀

19世纪的律师克莱门特·法兰迪加姆（Clement Vallandigham）在试图还原一个被告是如何手枪走火时不小心开枪自杀了。虽然他伤重而死，但他证明了自己的观点，被告被无罪释放。

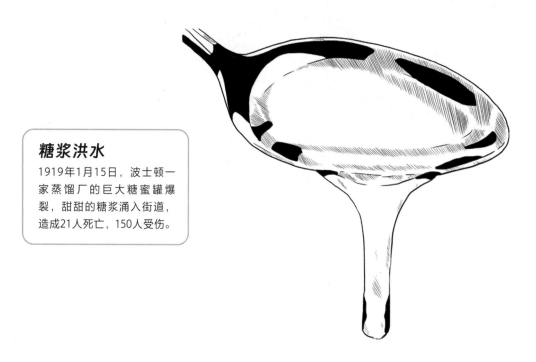

糖浆洪水

1919年1月15日，波士顿一家蒸馏厂的巨大糖蜜罐爆裂，甜甜的糖浆涌入街道，造成21人死亡，150人受伤。

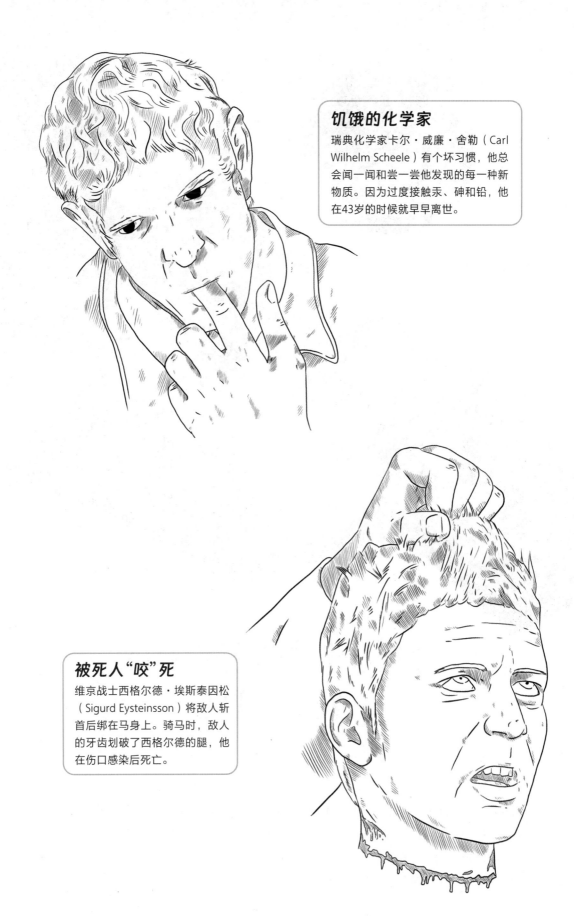

饥饿的化学家

瑞典化学家卡尔·威廉·舍勒（Carl Wilhelm Scheele）有个坏习惯，他总会闻一闻和尝一尝他发现的每一种新物质。因为过度接触汞、砷和铅，他在43岁的时候就早早离世。

被死人"咬"死

维京战士西格尔德·埃斯泰因松（Sigurd Eysteinsson）将敌人斩首后绑在马身上。骑马时，敌人的牙齿划破了西格尔德的腿，他在伤口感染后死亡。

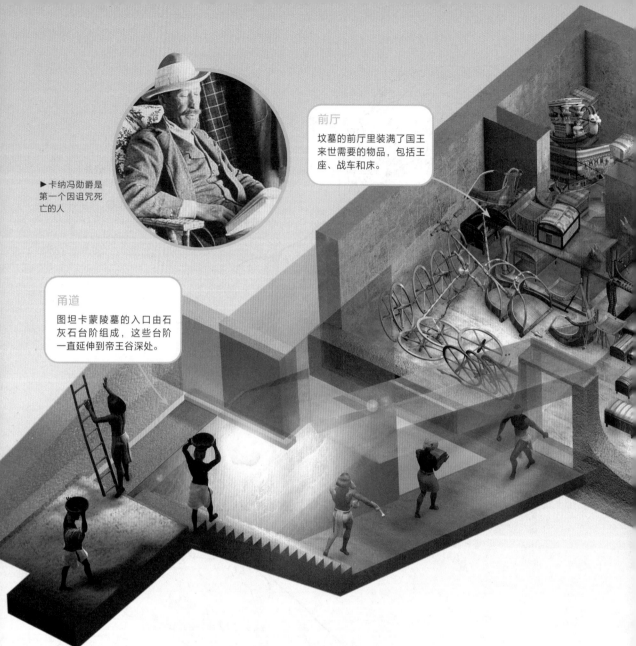

▶ 卡纳冯勋爵是第一个因诅咒死亡的人

前厅
坟墓的前厅里装满了国王来世需要的物品，包括王座、战车和床。

甬道
图坦卡蒙陵墓的入口由石灰石台阶组成，这些台阶一直延伸到帝王谷深处。

图坦卡蒙陵墓中的死亡诅咒

传说当著名的埃及古物学家霍华德·卡特打开少年国王图坦卡蒙的坟墓时，一个神秘的诅咒随之出现。

图坦卡蒙的坟墓于1922年被打开，之后与之相关的很多人相继去世。第一个死去的是赞助搜寻坟墓的卡纳冯勋爵，坟墓被打开几个月后他就去世了。卡纳冯在刮胡子时被蚊子叮咬感染而亡。

不久之后，又有十多个人不幸离奇去世，据说全都是因为那个死亡诅咒。当然，这个说法并不可信。

偏室
偏室里放着油、酒、食物、陶器和篮子等物品。这里被偷了好几次。

墓室
这里是存放法老石棺的地方，里面装着他的木乃伊和纯金棺材，还有他著名的死亡面具。

珍宝室
这里放着一些奇珍异宝，包括一个镀金的神龛，里面放着装有图坦卡蒙脏器的卡诺皮罐。

罪 与 罚

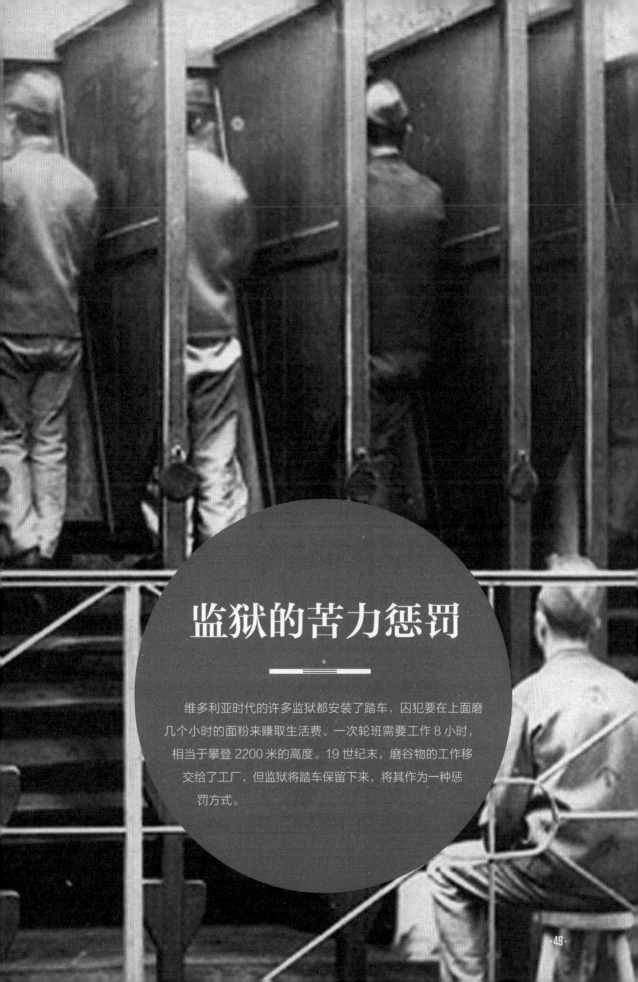

监狱的苦力惩罚

维多利亚时代的许多监狱都安装了踏车，囚犯要在上面磨几个小时的面粉来赚取生活费。一次轮班需要工作 8 小时，相当于攀登 2200 米的高度。19 世纪末，磨谷物的工作移交给了工厂，但监狱将踏车保留下来，将其作为一种惩罚方式。

两次卖掉埃菲尔铁塔的骗子

　　维克多·勒斯蒂格（Victor Lustig）是个臭名昭著的骗子，他犯下了历史上最大胆的罪行之一：卖掉巴黎的瑰宝埃菲尔铁塔，不只一次，而是两次。1925年，出生于捷克斯洛伐克的勒斯蒂格注意到，1889年建成的埃菲尔铁塔在"一战"后的法国耗费了大量资金来维护。因此，他以邮政与运输部门部长的名义与五个废金属交易商进行谈判。勒斯蒂格提出要把这座塔卖给他们中的一个，还告诫五人要保持缄默，以免引起公众的强烈抗议。

　　勒斯蒂格格外中意其中一个人——新贵安德烈·泊松（André Poisson），这个人很渴望在这个感觉自己被边缘化的城市里获得荣誉。泊松给了勒斯蒂格一袋现金，然后去取他的7000吨钢铁。但当他到达塔下时，当局却否认知晓这笔交易，而泊松也不好意思告诉警方他受骗了。

　　勒斯蒂格乘火车去了维也纳，有了这次成功的经验，几周后他又回来了，想在另一群废品商身上试试这个把戏。这一次，废品商报了警，但勒斯蒂格侥幸逃脱了。

断头台前织毛衣的女士们

在法国，"tricoteuse"这个词可以用来形容任何喜欢编织的女士，但在 18 世纪，它给人的印象要残忍得多。随着法国大革命的火焰被点燃，成千上万的工人阶级妇女走上街头，抗议食品昂贵和长期短缺。起初，这种行为受到政府的赞扬，但多年之后，这种抗议让政府觉得厌烦，于是她们被禁止参加政治集会。如此一来，她们就在革命广场的断头台旁静静地织毛衣，见证一个又一个人被斩首，以此来表明自己的抗议。

Les Tricoteuses Jacobines, ou de Robespierre.
Elles étoient un grand nombre à qui l'on donnoit
40 Sols par jour pour aller dans la tribune des Jacobins
applaudir les motions Révolutionnaires.
An 2.

迟到 20 年的子弹正中目标

1893 年，亨利·齐格兰（Henry Ziegland）分手时惹了大麻烦。前女友自杀后，她的哥哥持枪伺机报复。所幸齐格兰没有受到致命伤，子弹擦身而过，卡在他身后的树上。时间慢慢过去，齐格兰逃过了那次暗杀，人们都觉得他是一个很幸运的人。

20 年过去了，齐格兰想起了那棵替他挨子弹的树，他想让那颗子弹彻底消失。但那棵树很粗，他发现根本找不到那颗子弹的位置。于是他用炸药把树围起来，把它炸了。隐匿了 20 年后，子弹从树干里飞了出来。命运发生不可思议的逆转，20 年前计划落在齐格兰身上的子弹终于击中了目标，齐格兰当场死亡。

伦敦连环刺针伤人案

1788 年至 1790 年，伦敦出现了连环伤人事件。作案工具居然是刺针。袭击对象只有女性，超过 50 位受害者声称遭到了报纸上报道的"伦敦变态"的袭击。

在两年多的时间里，许多上流社会的女性称某男子刺伤了她们的下体，更有人称是被刀残忍刺伤的。这类事件被报道了几次后呈现出了一种作案趋势，很明显，袭击者在找特定的"类型"，即他选择的受害者都是有名的美女。

后来此类报道数量激增，一些女性声称被"伦敦变态"刺伤了，以此来增加自己在社会上的知名度，甚至还有一些女性假装受害者。

1790 年，一个名叫威廉姆斯（Rhynwick Williams）的失业男子因以上事件被捕，但直到今天仍有许多人质疑他是否真的参与其中。"伦敦变态"事件是众人的臆想，还是真有其事？

莎士比亚与
环球剧院

环球剧院出现之前，伦敦最著名的剧院位于泰晤士河北岸的肖尔迪奇区。这座名为"大剧院"的剧院由詹姆斯·白贝芝（James Burbage）建造，几十年来很多剧团都在这里表演，包括张伯伦勋爵剧团，莎士比亚就是其中的一员。

大剧院所在地是从艾伦那里租来的，但在1597年他拒绝续签合同。经过几个月的争论，白贝芝的儿子们决定在夜深人静的时候，两人连同一个木匠和十几个演员"带着剑、匕首、演员表、斧头等非法利器"潜入现场，拆除大剧院。莎士比亚就是同行人之一。

由于白贝芝一家无力负担租赁新场地的费用，他们向剧团的五名成员提议投资入股新剧院。有了这些投资，他们在泰晤士河的南岸租了一片土地，买了一些回收的木材。这些材料被用来建造一座新的剧院——1599年环球剧院开始向公众开放。

恶人终有恶报

几个世纪以来，各国政府尝试了很多方法来惩罚社会上那些作恶多端的人。但当监狱人满为患而社会上的犯罪事件仍层出不穷的时候，警方就会采用一些独特的方法来惩罚作恶者。有些惩恶手段专门为某个罪犯设计。肉体折磨、精神羞辱和重新教化等手段都旨在让罪犯得到永生难忘的教训。

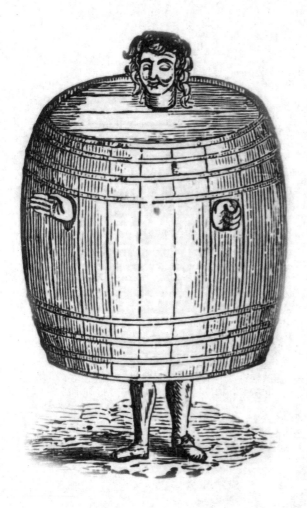

酒鬼斗篷
16世纪

酒鬼斗篷是一个啤酒桶，酒桶上有一个大洞可以伸出头，两边有两个小洞可以露出胳膊。穿好"斗篷"后，酒鬼就会被带到镇上游行。这就是对酗酒者的惩罚。清教徒很多时候热衷于审判这样的酒鬼。纽卡斯尔市当时的酗酒问题一定很严重，因为酒鬼斗篷经常和那个地区联系在一起，有人还把酒鬼斗篷称为"纽卡斯尔斗篷"。

◀ 酒鬼斗篷当时在荷兰和德国都很常见

浸水椅
1597年

浸水椅是固定在池塘或河边的一根长梁上的椅子。罪犯会被绑在椅子上扔进水里。浸水椅源于早期的马桶椅，马桶椅主要是为了羞辱罪犯，通常用于那些辱骂丈夫后被判刑的妇女。英国最后一次浸水椅刑罚记录是在1809年。

▼ 浸水椅在中世纪时还被用于鉴别巫女

烙刑
公元前1世纪

烙铁几个世纪以来都被用作惩罚工具。这种刑罚不仅让罪犯感到痛苦，还会在身上留下屈辱的永久性罪犯标记。罗马人给小偷和逃跑的奴隶都打上烙印，中世纪英国的法庭用不同的标记来区分罪犯：V代表流浪者，S代表逃跑的奴隶，B代表亵渎者，F代表闹事者。1829年，烙印在英国被定为非法行为，此后在世界各地基本销声匿迹。

分毫必究的
泳装长度

新泽西州大西洋城，一名警察正在测量女性泳装的长度。泳装曾一度被要求必须包裹住女性的全身，但到 1921 年拍摄这张照片时，人们的态度已经开始改变。当时流行的是无袖的连体泳衣，这种新潮的马勒特风格与 19 世纪的长泳装大不相同。

真假公主

阿纳斯塔西娅公主后来怎么样了？阿纳斯塔西娅是俄罗斯沙皇尼古拉二世的小女儿。1918年，秘密警察将阿纳斯塔西娅一家人残酷处决，她的命运一度成为传说。阿纳斯塔西娅的尸体在埋葬其父母和三个姐妹的地方莫名失踪，于是便有了她逃跑的谣言。随后还有几位女士站出来说她们是阿纳斯塔西娅公主。2007年，公主的残骸被发现，所有骗局也都被揭开。

娜杰日达·瓦西里耶娃 (Nadezhda Vasilyeva)

1920年，瓦西里耶娃在西伯利亚被当地政府逮捕。她写信给英国国王乔治五世，请求他的帮助。1971年，她在喀山市的精神病院去世。医院院长称："除了声称自己是阿纳斯塔西娅之外，她的精神完全正常。"

安娜·安德森 (Anna Anderson)

在20世纪20年代，安娜［一个叫弗兰齐斯卡·尚斯可夫斯卡（Franziska Schanzkowska）的波兰人］出现在德国，声称自己是阿纳斯塔西娅公主。她不会说俄语，罗曼诺夫家族的反驳也让她的可信度大大降低，但她得到了拉斯普京的女儿的支持。作为最著名的假公主，她的故事成为1956年英格丽·褒曼（Ingrid Bergman）主演的电影的灵感来源。

尤金尼娅·史密斯 (Eugenia Smith)

虽然没有安德森那么出名，但史密斯在1963年写了《俄罗斯阿纳斯塔西娅自传》（*Autobiography Of HIH Anastasia Nicholaevna Of Russia*）。在书中，史密斯非常详细地叙述了俄罗斯皇室在被处决之前的生活。她最终没有坚持称自己就是公主，据说在1997年去世前不久，她拒绝了DNA测试。

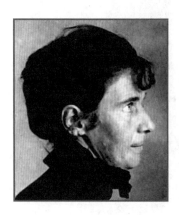

劫机犯乘降落伞安全逃离

"D. B. 库珀"的真实身份至今都没有水落石出，他曾在抢劫后通过降落伞逃离了现场。1971 年的感恩节前夕，一名自称"丹·库珀"（Dan Cooper）的男子买了一张单程票登上了飞往西雅图的 305 航班。他穿着低调的黑色西装，点了一杯波本酒，点燃一根烟，递给空乘人员一张纸条。上面写着："我包里有炸弹，随时都可能爆炸，坐在我旁边，你现在是我的人质。"

库珀说他要 20 万美元（相当于今天的 116 万美元）、4 个降落伞和 1 辆等待飞机抵达的油罐车。空乘人员向地面控制中心转达了他的要求，飞机在华盛顿上空盘旋了两个小时，西北航空公司总裁与地方当局展开合作，负责满足这些要求。

一切准备就绪后，飞机降落在麦科德空军基地的空地上。钱和降落伞用来交换人质，然后加满油的飞机再次飞向天空。库珀指示飞行员在不失速的情况下以最慢的空速向墨西哥城飞行。晚上 8 点左右，库珀打开舱门，从飞机上跳了下去，降落伞带着他获得了自由。他再也没有出现过。

严刑逼供

某些人的虐待嗜好在酷刑工具上体现得淋漓尽致。以下这些让人毛骨悚然的工具被用来打破受刑人的精神和肉体防线，逼迫他们老实交代，供认不讳。但酷刑通常不会带来真相，因为极度渴望解脱的受刑人往往会为了不再痛苦而口不择言。

铁娘子

1793年

铁娘子是一种把受刑者裹在布满尖刺的棺材里的刑具。历史学家认为，这种工具通常与中世纪联系在一起，但实际上它是后来发明的，目前还没有发现18世纪末之前的任何使用记录。不管起源是什么，铁娘子非常厉害，轻轻松松就能弄伤人或直接致死。如今许多历史学家认为，这个刑具更多地被用作精神折磨工具，是为了恐吓受刑者，而不是真的把人放在里面。

水刑
2002年

水刑已经被采用了几个世纪，但其最新形式是在2001年9月11日恐怖袭击事件后由美国发明的。水刑是在模拟溺水的感觉，而且受刑人可能会因缺氧而导致脑损伤。根据美国司法部的说法，这种刑罚不算酷刑，中央情报局可以使用这种方法来对付任何有嫌疑的恐怖分子。

竹刑
1941年

竹刑是最可怕的酷刑之一，这种刑罚是用绳子把受刑人绑在一片竹子上方，然后让他们被竹子锋利而又迅速生长的嫩枝刺穿。竹尖会先刺穿皮肤，然后进一步生长直至完全穿透身体，让人流血致死。据报道，日本士兵在"二战"期间使用过这种酷刑，但记录显示，在此之前，马来西亚也使用过这种酷刑。

拇指夹
1250年

拇指夹也被称为"夹指刑具"，是一种类似虎钳的简易装置，可以让受刑人的拇指慢慢被压碎或脱臼。早在中世纪欧洲就发明了这种刑具，后来一度非常流行，直到19世纪还在使用。记录表明，拇指夹是用来惩罚所犯错误相对较轻的奴隶的。

异端尖叉
1478年

异端尖叉是早期一种剥夺睡眠的酷刑工具，强迫受刑人持续保持清醒。这种工具两端都有金属尖叉，一旦头因为疲劳而垂下，就会刺伤自己。

十字架

公元前600年

十字架酷刑因为耶稣的死而闻名于世，这一刑罚是最早记录的酷刑之一。公元前6世纪，古波斯人、塞琉古人和迦太基人发明了十字架刑罚。这种刑罚会给受刑人带来强烈且持久的痛苦，最终因疲惫或心力衰竭而死。

藏在大盗外套里的艺术瑰宝

艺术品大盗施特文森·布雷特维泽（Stéphane Breitwieser）赚了整整 14 亿美元。自称艺术鉴赏家的布雷特维泽 1995 年在德国开始了他的艺术品盗窃生涯，并于 2001 年结束。在此期间，他从欧洲 172 家博物馆"收集"了 239 件艺术品。他的方法狡猾而又简单。他的同伙，也就是他的女朋友负责分散保安的注意力，而布雷特维泽只是把艺术品从墙上拿下来，藏在他的外套里。他的偷窃直到 2001 年才结束，当时他试图在瑞士理查德·瓦格纳博物馆偷走一只军号，但被抓住了。

布雷特维泽只被判处了三年监禁，而且只服了两年刑。当局为如此短暂的量刑做出的辩解是，这起抢劫案的动机并非利益，他只是想把这些艺术品留给自己。出狱后，布雷特维泽在 2006 年出版了自传《一个艺术品窃贼的自白》，并因此一举成名。

你不一定知道的 5 种违法行为

时代在变，法律也在变。如今来看，曾经某些"不拘小节"的行为的确应当被视为违法犯罪并受到相关部门的制裁。而让人忍俊不禁的是过去也有很多为了当时社会利益而严格执行的荒谬法律。

禁止死亡

在英国，死在议会大厦内是违法行为。因为任何在这里去世的人都有权举行国葬，所以制定了这项法律来防止这种情况发生。

禁止卖口香糖

新加坡有关部门对口香糖垃圾处理不当的问题非常不满，因此于2004年通过了一项禁止销售口香糖的法律，但吃口香糖不违法。

禁止穿长裤

法国一项法律规定，女性穿长裤是违法行为，该法律自19世纪以来一直存在，尚未被废除。19世纪后期的两项修正案通过后，这条法律有所宽松，但仅限于骑马或骑自行车的时候能穿长裤！2013年，该法律被废除。

禁止穿戴盔甲

英国爱德华二世统治时期通过了一项法律，严禁所有人穿戴全套盔甲进入议会大厦。这条法律的言外之意是，凯夫拉防弹背心和枪支也在禁止之列。

禁止敲门

为了防止滋扰行为，1839年的《伦敦警察厅法案》禁止儿童无缘无故敲门。该法案还禁止所有人放风筝、敲打门垫和吹喇叭。

文艺复兴时期
"偷河"的人

怎么会有人偷河呢？我们都不会。精力旺盛的列奥纳多·达·芬奇（Leonardo da Vinci）和尼科洛·马基雅维利（Niccolò Machiavelli）二人胆大包天，竟企图偷走阿尔诺河。他们在计划失败后红着脸灰溜溜地离开了，什么也没能带走。当时马基雅维利受雇于"恶魔"切萨雷·波吉亚（Cesare Borgia），他说服达·芬奇帮助他执行切萨雷的计划，将河水从比萨城引开。比萨是离佛罗伦萨最近的军事基地。一旦成功，佛罗伦萨就可以开展海上贸易。达·芬奇提出了用水坝和人工进水口改变河流路线的绝妙计划，但事实证明，这个计划的执行成本太高，他很快就尝到了失败的滋味。

▲ 达·芬奇

▲ 马基雅维利

恺撒大帝曾
遭海盗囚禁

———————

　　罗马最强大的独裁者之一恺撒大帝在爱琴海被西里西亚海盗绑架，但他的姿态很快就让海盗们觉得他是个不容小觑的人物。海盗跟恺撒要20塔兰同[①]的赎金，恺撒当着他们的面大笑，还建议应该要50塔兰同。海盗有点儿发蒙，但还是同意了，于是恺撒派人去取赎金。这下只有他和可怕至极的海盗们待在一起，但他一点都不害怕，反而把他们当作自己的下属。恺撒和海盗们一起玩游戏，一起训练，他想休息时，就让他们都安静下来。一个多月后，手下带着赎金归来，恺撒大帝被释放，随后便立即下令将所有的海盗钉死在十字架上。

———

① 塔兰同：古代中东地区使用的货币单位。——编者注

羊驼的
狂欢之旅

———————

　　2013年，一只幸运的羊驼在游览了法国波尔多市后被相关部门送回了家。

　　一天晚上，五个青年外出游玩，最初计划从附近的马戏团借一只斑马，但斑马太犟了，不会乖乖听话，而名叫塞尔日的大羊驼似乎非常乐意和他们一起兜风。

　　一行人离开马戏团附近的夜总会，带着塞尔日在城里转了一圈，甚至还坐了电车。直到电车司机报了警，他们才把塞尔日绑在灯柱上。但在那之前，他们还和这位四条腿的新朋友拍了几张照片。

　　塞尔日安全无恙地回到了马戏团，但马戏团还是强化了动物围栏周围的安全措施。

女扮男装的传奇海盗

在海盗的"黄金时代"（1650—1730年），不乏有一些女海盗。但玛丽·里德（Mary Read）在她大部分航海生涯中都是打扮成男性的模样。她由丧偶的母亲独自抚养，女扮男装后，她们就可以继续靠她死去的哥哥的津贴生活。于是里德伪装成哥哥，十几岁的时候就连她的祖母也没有察觉到有什么不同。

她后来隐瞒自己的性别，加入了英国军队，还在西班牙王位继承战争中因作战勇猛而声名远扬。里德最终结了婚，安定了下来，与丈夫在荷兰经营了一段时间的客栈。但当丈夫去世后，她

穿上了旧时戎装，再次参军。后来，里德乘船前往西印度群岛的途中被海盗劫持，她随即决定加入海盗团。

1720年，她结识了"卡里克海盗团"的杰克·拉克姆（Jack Rackham），与杰克的搭档安妮·邦尼（Anne Bonny）结下了深厚的友谊。他们参与抢劫了几艘船只，之后所有海盗都被抓到牙买加接受审判和处决。

里德和邦尼挑起了一场恶斗，还怒骂其他男海盗为什么不加入，但很快她们就被制服了。里德以怀孕为借口逃脱了绞刑，最终因热病死于牢中。

冒牌飞行员的 250 次飞行

　　弗兰克·阿巴格内尔（Frank Abagnale）是世界上破解伪造支票和挪用公款案件方面最厉害的人，但他年轻的时候却是美国最头疼的超级诈骗犯。15 岁的时候，阿巴格内尔的父亲成了他的第一个诈骗对象，他用信用卡买了汽车零件后又换成现金。后来的几年里，他在不同的银行开了好几个账户，还给自己开了支票，鼓动银行给他预支现金。但他最大胆的诈骗经历始于弄到泛美航空公司的飞行员制服和假员工证。阿巴格内尔在 16 岁至 18 岁期间大约驾驶飞机 250 多次，总行程约 160 万千米。他最终被捕并被判处 12 年监禁，不过在同意协助当局进行诈骗调查后被提前释放。

▶阿巴格内尔的故事成为电影《猫鼠游戏》（*Catch Me If You Can*）的创作来源，该电影由莱昂纳多·迪卡普里奥（Leonardo DiCaprio）主演

爱因斯坦的大脑被偷了

天才人物阿尔伯特·爱因斯坦（Albert Einstein）去世前，明确要求把自己的尸体火化处理。这个决定是经过深思熟虑的，因为他不想死后被人研究或是观赏。尽管如此，1955年4月18日，爱因斯坦的大脑还是意外失窃。

窃贼是一位名叫托马斯·哈维（Thomas Harvey）的医生，他将爱因斯坦的大脑切成片状分给其他医生进行研究。哈维做完这些事之后才向爱因斯坦的儿子申请研究他父亲的大脑，爱因斯坦的儿子并不情愿，但也只能无奈同意。

经过多年的研究，人们最终确定爱因斯坦的大脑结构与其他男性不同，他大脑中的胶质细胞比常人更多，胶质细胞可以保护大脑中的神经元。

发明与发现

保护婴儿的
防毒气婴儿车

一位母亲把小孩放在防毒气婴儿车里散步，这款婴儿车是由弗兰克·威廉姆斯在"二战"前设计的。当时毒气袭击的威胁迫在眉睫，英国的每个人，包括婴儿都收到了政府发放的防毒面罩。这款婴儿车也是防毒工具的一种，其顶部盖子上有玻璃板和气体过滤器。底部装有旧式汽车喇叭灯泡，可以排出污浊的空气。

古老的内衣

随着时间的推移，内衣的样式发生了很大的变化。让我们一起来看看几个世纪以来内衣的变化吧。

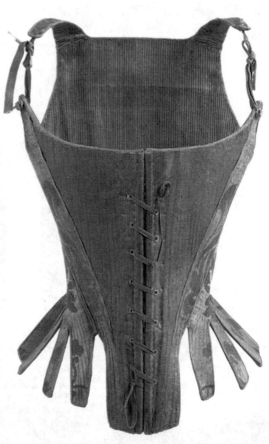

丁字裤
时间未知

实际上，丁字裤在历史上是给男性使用的。丁字裤是内裤的早期形式之一，但它有一些独特的优势。它可以将生殖器固定在适当的位置，在男性活动时可以起到支撑和保护的作用。相扑选手穿的就是一种被称为"下体护身"的改良版丁字裤，改良灵感正是来自丁字裤的支撑作用。

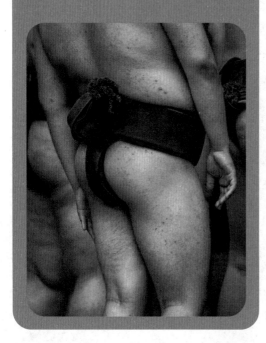

束身衣
1300年

束身衣可能是所有内衣中最出名的，它的历史可以追溯到一千年前，但到17世纪才真正成为时尚潮流。用鲸骨和金属制作的束身衣让女性的身体看起来颇具风韵，隆起的胸部和蜂腰风靡一时。当时的一些裁缝认为腰围越窄越好看，18英寸[①]是比较理想的腰围尺寸，要达到这个目标需要大约两年的锻炼。但穿束身衣会导致很多健康问题，比如骨折、器官损伤，而且很容易引起晕厥。

---

① 1英寸 =2.54 厘米。

汗裤

19世纪40年代

除了白色婚礼，维多利亚女王还鼓励她的国民把穿内衣作为一种规范。在此之前的几个世纪里，类似汗裤的贴身衣物就已经存在了，但直到维多利亚统治时期，它们才成为每个社会阶层的必需品。大多数人穿的是开放式汗裤，在裆部有一个很大的开口，这样方便上厕所，当然也能保持阴部的清洁和通风。

缠腰布

公元前1330年

缠腰布是内衣中最原始的一种，也可能是最舒适的一种，可以追溯到古埃及时代。在挖掘古埃及法老图坦卡蒙的坟墓时，人们发现在一众珍宝陪葬品中还有145条缠腰布，可能是供他往生后使用。古埃及人在当时并不是唯一穿内衣遮羞的，古罗马人的缠腰带也很出名，既可以外穿，也可以当内衣，主要取决于天气。但据我们所知，古埃及人是把缠腰布穿在短裙里的。

人类的仓鼠轮

19世纪初，自行车引起了马赛的发明家兼工匠卢梭的注意，他觉得自己一定可以改进自行车。1869年，他发明了单轮自行车。这种自行车由一个巨大的轮子组成，人坐在一个带把手的踏板上。当人踩下内侧的转轮时，外圈的大车轮就会移动。

这种新的交通工具在19世纪70年代中期相当流行。但在20世纪早期，意大利发明家西拉吉和戈文托萨用发动机取代了脚动踏板，制造出第一辆机动单轮车。这种方式启发了后来的发明家，比如普维斯博士，他在1932年制造出一种被称为"动力球"（Dynasphere）的钢笼式电动单轮车，时速可达25英里[①]左右。

单轮自行车有着独特设计，但也存在缺陷。坐在大轮子中间时，视野和驾驶显然会受到限制。行驶和刹车速度太快，人就会被迫和外圈的大轮子一起旋转，就像仓鼠或沙鼠被困在玩具轮里旋转一样。正是这个物理上的缺陷阻碍了单轮车的商用。

---

① 1英里约为1.6千米。

最早的圣水
自动售货机

公元 1 世纪生活在亚历山大港的希腊工程师和数学家希罗发明了第一台自动售货机。只要付一点钱，就可以购买自己需要的圣水。把一枚硬币放进槽中，硬币会落在一个固定在杠杆上的盘子里。杠杆控制着阀门，可以让圣水流出来。硬币的重量使盘子倾斜，直到硬币滑落，杠杆会将盘子恢复到原来的位置，切断水流。

◀ 直到19世纪中期，贝壳在西非都是法定货币

贝壳货币

世界上很多国家都曾使用动物贝壳作为货币。最常用的是宝贝科海洋软体动物的壳，这种贝壳在印度洋和太平洋特别常见。早在 3000 多年前，中国人就将贝壳作为通用货币。贝壳是中国文化中非常重要的一部分，汉字"币"就是基于贝壳的形象演变而来的。虽然贝壳很难伪造，但当沿海地区的天然贝壳供应不足时，人们还是会试图用骨头或角等材料仿制贝壳。

古代的地动仪

这可不是个大花瓶。这是由中国哲学家和天文学家张衡在公元 132 年东汉时期发明的地动仪。

《后汉史》中记载了"候风地动仪"的相关史料，但地动仪实物并没有保存下来，因此引发了很多关于摆锤机制如何在探测器内部运转的细节的猜测。

地动仪的工作原理是，当风被压缩到狭窄的空间里没有任何出路时，就会推着障碍物移动，并"发出低沉的杂音"。据称，张衡的地震仪非常灵敏，可以探测到 400 英里外的地震，有人受命骑马去当地察看，证实地震确实发生了。

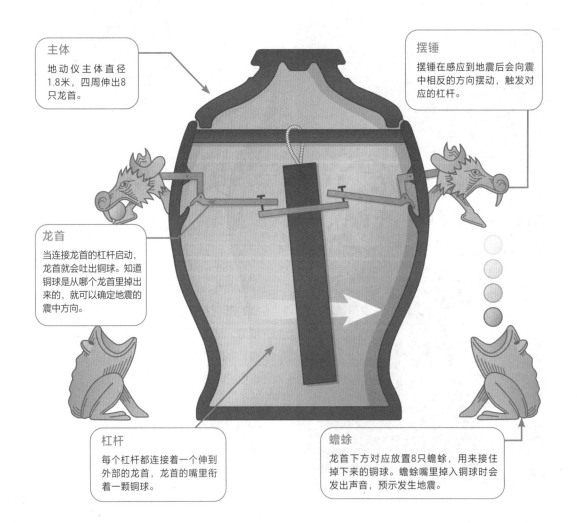

主体
地动仪主体直径 1.8米，四周伸出8只龙首。

摆锤
摆锤在感应到地震后会向震中相反的方向摆动，触发对应的杠杆。

龙首
当连接龙首的杠杆启动，龙首就会吐出铜球。知道铜球是从哪个龙首里掉出来的，就可以确定地震的震中方向。

杠杆
每个杠杆都连接着一个伸到外部的龙首，龙首的嘴里衔着一颗铜球。

蟾蜍
龙首下方对应放置8只蟾蜍，用来接住掉下来的铜球。蟾蜍嘴里掉入铜球时会发出声音，预示发生地震。

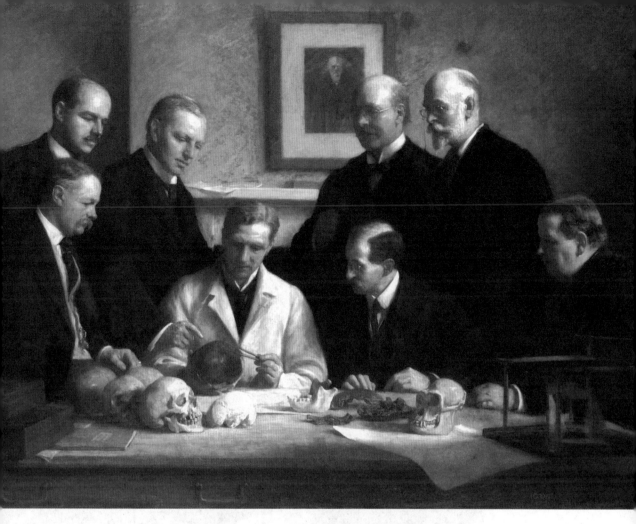

愚弄科学家的
"皮尔丹人"头骨

1912年，英格兰东苏塞克斯的皮尔丹砾石坑里据说挖出了一种已经灭绝的古人类的头骨，这就是著名的"皮尔丹人"骗局。科学家查尔斯·道森（Charles Dawson）带领团队进行了一次考古挖掘，似乎挖出了头盖骨和下颌骨的化石碎片，经过道森和一些专家的分析，他们认为这些碎片是一个介于猿和早期人类之间的新的过渡物种。

在接下来的40年里，其他科学家对"皮尔丹人"的真实性提出了严肃质疑，主要是因为在后来的科学研究中，这个物种无法排列到进化序列中。

1953年，用现代科学技术对这些骨头碎片重新进行了深入检查后发现，它们实际上来自三个不同的物种。那些质疑的声音是对的，被称为"皮尔丹人"的头骨是由现代人的头骨、猿猴的颌骨和猩猩的牙齿组成的。

腾空而起的
女飞行员

汉娜·莱契（Hanna Reitsch）是第一位驾驶首架
完全手动控制直升机起飞的女飞行员。作为第一位女性直
升机飞行员，莱契创造了 40 个飞行高度纪录，是"二战"
中唯一一位被授予铁十字勋章和飞行员与侦查员联合勋
章的纳粹德国女性。

被当成现金交易的玻璃珠

欧洲探险家和殖民者曾用小玻璃珠与非洲和美洲的土著人进行交易。当地的玻璃制品很少或者根本没有，所以当地土著非常珍视这些漂亮珠子，他们认为玻璃珠是非比寻常的珍宝。这些玻璃珠的生产成本相对较低，探险家们用它们来购买很多更有价值的物品，比如黄金或象牙，从而掠夺殖民地的资源。玻璃珠在奴隶贸易中充当着货币的角色，因此获得了"奴隶珠子"的绰号。

▲ 大多数用来交易的玻璃珠都是用彩色装饰玻璃制成的

胡编乱造的探险故事

美国探险家弗雷德里克·阿尔伯特·库克（Frederick Albert Cook）声称他在1906年登上了北美最高峰麦金利山。直到1909年，他的说法才受到质疑，其实他的队友从一开始就私下对他的说法表示怀疑，当时他们被留在了靠近山脚的位置。质疑的声音越传越广，人们发现他的照片实际上是在麦金利山30千米外的一个小山峰上拍摄的，现在被称为假峰。1910年，一支登顶的探险队证实，库克夸夸其谈的风景与实地毫无关系。

达·芬奇发明了潜水服

1499 年，达·芬奇住在以水路闻名的威尼斯，他构想出一种可以让人类在水下呼吸的方法。他设想出一种由猪皮制成的潜水服，由藤管连接在水上漂浮的钟状物，人在水下可以通过这个钟状物呼吸。达·芬奇的想法再一次远超他所在的时代，他的潜水服经过好几个世纪进一步优化成我们现在所说的潜水设备。他提出的另一个想法是使用皮袋将空气装起来供人在水下呼吸，这为 19 世纪早期的潜水呼吸器奠定了基础。

◀达·芬奇的潜水服经实验验证确实是有用的

棉花糖已经 4000 "岁" 了

这种在篝火会上流行的甜食的历史比你想象中要久远得多。棉花糖的历史最早可以追溯到公元前 2000 年，当时古埃及人就将其作为美味佳肴，他们的棉花糖是用锦葵植物的汁液、坚果和蜂蜜混合而成的。19 世纪，法国的糖果制造商将古老的原料与蛋白和糖混合到了一起，于是便出现了我们现在看到的棉花糖。

万向杆
很多个万向杆将船的主甲板与客舱连接在一起。

客舱
主客舱长21米，宽9.1米，高6.1米。

液压装置
地板的倾斜程度由一组液压缸来控制。

以失败告终的晕船解决方案

"SS Bessemer"号是一艘维多利亚时代的实验船，试图解决乘客晕船的老问题。当时的想法是，如果客舱相对于倾斜的船体保持静止（水平），那么乘客就不会因船体摇晃而反胃了。

实验船一方面将客舱悬挂在甲板上的万向杆上使其与船分离开，另一方面由舵手手动控制一组液压缸来保持水平。舵手只需参考水平仪来确定倾斜度，然后加以抵消，就可以让舱室的地面保持水平。理论上，这似乎是一个巧妙的解决方案，但事实证明这个方案并不成立。

虽然悬挂系统起了作用，减轻了客舱的大幅摇摆，但重心的变化使船在海上几乎无法驾驶，而且非常难以掌控，这两个因素导致船在首次航行中就撞上了加来码头。在海上的糟糕表现、灾难性的处女航和巨大的成本导致该项目就此结束。这艘船在第一次也是最后一次正式航行仅仅四年后就被拆解了。

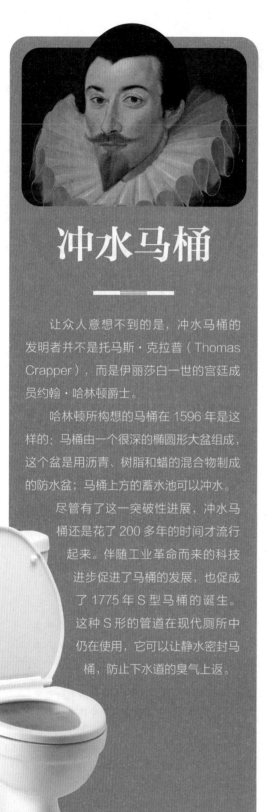

冲水马桶

让众人意想不到的是，冲水马桶的发明者并不是托马斯·克拉普（Thomas Crapper），而是伊丽莎白一世的宫廷成员约翰·哈林顿爵士。

哈林顿所构想的马桶在 1596 年是这样的：马桶由一个很深的椭圆形大盆组成，这个盆是用沥青、树脂和蜡的混合物制成的防水盆；马桶上方的蓄水池可以冲水。

尽管有了这一突破性进展，冲水马桶还是花了 200 多年的时间才流行起来。伴随工业革命而来的科技进步促进了马桶的发展，也促成了 1775 年 S 型马桶的诞生。这种 S 形的管道在现代厕所中仍在使用，它可以让静水密封马桶，防止下水道的臭气上返。

考古学家摧毁了古城遗迹

像吉萨金字塔和巨石阵这样的历史地标已经保存了数千年，但也有很多建筑被毁掉，永远消失了。也许有史以来最大的损失就来自那位企图寻找古迹的考古学家——海因里希·谢里曼（Heinrich Schliemann），他决心揭开特洛伊古城的面纱。1871 年，他开始在他认为特洛伊城所在的地方进行挖掘，并很快找到了上层，他认为这座历史名城位于他发现的位置的最底层。谢里曼用了各种方法，甚至用炸药把那里夷为平地。事实上，谢里曼所发现的地平线上的城墙早在几千年前就建成了，因此众人都说是他带领团队成员摧毁了这座古城。

时尚至死的疯狂达人们

有些人会为了好看不惜一切代价。但如果变美的代价是浑身出血、勒出淤青、喘不上气呢？下面我们来看一些让人饱受痛苦但令人疯狂追求的美丽物件。

放射性护肤霜

为了追求一张年轻紧致、"容光焕发"的脸，20世纪的女性开始在脸上涂抹放射性面霜。在两次世界大战之间，许多女性为了拥有清新明亮的肤色，转而使用含有镭的乳液，因为镭的放射性很强，在黑暗中也会发光。在所有放射性面霜的销售商中，一个名为Tho-Radia的法国品牌以其镭钍配方名列榜首。女性每天都会使用各种面霜、牙膏和化妆品，所以她们每天都会接触放射性物质。正如我们所料，当时辐射中毒和得癌症的人数疯狂飙升。

束身衣

19世纪风靡一时的束身衣甚至会让人性命不保，当时已经名声不佳，医生们对此很是发愁，大量的文学作品也在谴责这种内衣。1848年，一位医生甚至认为穿束身衣无异于自杀。为了达到当时流行的沙漏型身材，女性会尽可能把束身衣系到最紧，以求符合标准的18英寸腰围。穿着束身衣的女士们经常感到头痛和呼吸困难，时不时还会晕倒。然而，这样的症状仅仅是冰山一角，有大量报道称束身衣会导致肋骨断裂，系到最紧的绑带会使内脏器官移位，胸腔变形，甚至死亡。

绦虫药

想减肥，但不想锻炼也不想健康饮食？绦虫肯定能满足这个需求。20世纪早期，绦虫和绦虫卵以罐装和药丸的形式出售给想减肥的人。吃下绦虫，等待它们吸收体内的食物，然后当体重降至理想水平，再服用抗寄生虫药片就可以了。但绦虫的一系列副作用非常可怕，大脑、脊髓和眼睛可能会受到损伤，甚至引发癫痫。

缠足

缠足在中国风行了一千多年。在封建时期，小脚被认为是女性优雅的象征。为了保持小脚的样子，女孩在年纪很小的时候就要开始缠足了，那时她们的脚还很柔软。缠足时首先要将除了大脚趾外的所有脚趾都折断，弯折到前脚掌的位置。接下来将足弓掰到最弯处，然后用布紧紧裹起来。这种残忍的做法会中断脚趾的血液循环，往往会导致脚部感染和坏疽。

颠茄眼药水

颠茄是一种含糖量很高且接触后就会中毒的植物，但大多数古罗马女性的美容产品中都含有这种成分。颠茄也称Belladonna，在意大利语中是"漂亮女人"的意思。将颠茄蒸馏处理后制作成的眼药水会让人的眼睛看起来像是鹿眼一般性感，但浓度过高，就会导致双眼失明。如果不小心摄入一些颠茄，就会出现非常严重的幻觉，导致大脑损伤甚至死亡。

◀ 颠茄眼药水导致人的瞳孔扩散

大步走向战场的战争机器

说到军用交通工具，你很少会想到这些四条腿的温和大象，对吗？但波斯人确实在公元前 4 世纪让大象参与军事任务。大象庞大的身躯在战场上令人生畏，它们让战士可以站得更高，在杀敌时具有明显的优势。那有没有什么缺点呢？有，养护大象时，喂养、喝水和清理都曾是非常艰巨的任务。

战士

士兵、骑手和战象总是组合在一起上战场。通常会有三到四名弓箭手或长矛手坐在上面，骑手也称为驯象人，负责操控大象。骑手会携带一把刀和一个锤子，以便在大象发狂时切断它的脊髓。

象轿

战象的背上会驮着一个巨大的木轿，这个木轿被称为象轿。士兵们在里面作战。在象轿上作战既有优点也有缺点，虽然它让士兵身居高处，更利于作战，但也将他们暴露在敌人面前，处境更加危险。

性别

只有公象作为战象参与战争。一般人认为是因为公象速度更快且更加好斗，但事实并非如此。公象更适合作战的原因是母象遇到公象会逃开，这在战场上非常危险。母象一般承担的是物流和运输的工作。

训练

大多数用于战斗的大象都是从野外捕获的，因为圈养的大象需要更长的时间才能达到适合战斗的成熟度。这些野生大象需要大量的食物和水，花费数年的时间来训练。训练中会将军队的叛徒和其他罪犯作为攻击对象，让大象练习碾压和杀死敌人。

体型庞大

虽然大象是战争中的利器，但它们最大的功能在于震慑敌人。亚历山大大帝第一次面对战象时非常害怕，他在高加梅拉战役前向恐惧之神献祭。实际上，战象的状况非常不稳定，很容易失控。战场上，战象对双方军队来说都是一个巨大的风险，因为它们受到惊吓后会四处逃窜。

盔甲

虽然大象皮糙肉厚，在战场上让敌人闻风丧胆，但也会对它们采取一些保护措施。通常大象会穿着薄板甲，有时也会使用锁子甲。印度战象的象牙上甚至都带着刀片，这使它们更加危险致命。

死后摆拍

在现代医学出现之前，死亡在日常生活中很常见。从新教改革时期开始，人们就把死者的画像挂在家里，作为纪念死者的一种方式。但随着摄影技术的出现，对死者的哀悼形式出现了病态式的转变。1839年银版摄影法出现后，肖像摄影变得更加流行，因为很多人都能够负担得起请摄影师拍摄肖像的费用。在一个死亡率很高而技术有限的时代，为死者拍照往往是人们纪念过早去世的亲人的唯一机会。通常人们会将尸体摆成熟睡的样子，或者把他们的眼睛撑开，看起来像活着的样子。

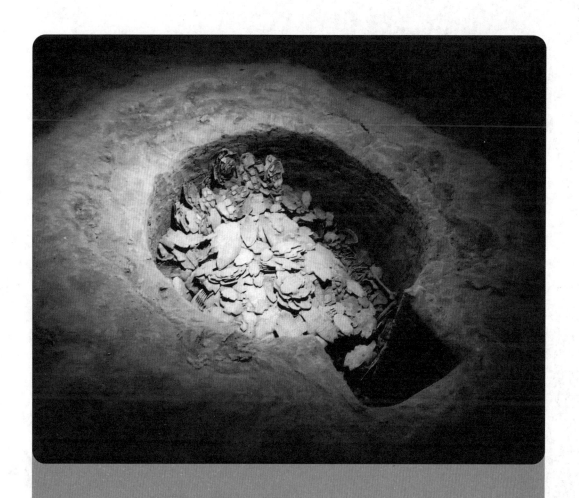

占卜中的天机

在古代中国，用符号和预兆占卜未来曾风靡一时。当时从火焰中寻找征兆的卜术已经传遍了全球，中国在占卜中还会用到刻有文字的骨头。通常使用的是牛的肩胛骨或龟壳。占卜的人需要在骨头上刻下一个请求神灵解答的问题。然后将一根在火中加热的金属棒插入龟壳，直到龟壳破裂。卜师通过解读这些碎片，即"甲骨文"来解释上天的回应。

阿兹特克历法中的宗教节日

墨西哥的古阿兹特克人做事从不半途而废，包括他们在历法方面的探索。阿兹特克人的历法体系非常复杂，有三圈历法记录，标注了很多的宗教节日，每一天都有一个独特的名字和数字。

这三圈历法用来记录时间的不同方面："托纳尔波瓦利"（Tonalpohualli）代表一年的260天，20天为一个周期。这20天中的每一天都有独特的符号和名称。第二圈历法"希乌波瓦利"（Xiuhpohualli）用于记录年份，以365天的太阳周期为基础，被分为18组，每组20天，每组分别有一个宗教节日。第三圈被称为"历法周期"，将前两轮联系在一起。

厕所进化史

我们的祖先在哪儿上厕所？简易的厕所是如何发展成功能多样的冲水马桶的？虽然这些不是日常生活中最重要的事，但通过对厕所的了解，我们可以一窥从古至今人们休憩方式的发展。

古罗马公厕
公元前200年

公共厕所位于古罗马堡垒的后方，远不如今天的厕所私密。士兵们肩并肩地蹲着如厕，互相谈论当天发生的事情。他们上完厕所后擦屁股用的不是卫生纸，而是海绵棒。在城市中，厕所条件往往会稍好一些，城市里的舒适单间甚至有单独的厕所管道，可以用当地澡堂的水冲掉排泄物。

▲ 奥斯提亚安提卡遗址有一些保存十分完好的古罗马公厕

简易厕所
约公元9年

简易厕所是一种简单的旱厕，是在猪圈上搭建一个外屋，通过一个溜槽与猪圈连接起来。上完厕所后，粪便顺着溜槽滑下，被下面的猪吃掉。这种厕所在中国汉代很常见，印度和韩国至今仍在使用。在中国古代，人的陪葬品中也会有简易厕所的模型。

土厕

1859年

土厕由亨利·莫尔（Henry Moule）发明，是冲水厕所和粪坑的替代品。几十年后，有人申请了一项土厕设计专利，该装置有一个将粪便转化为堆肥的系统，既减少了气味，又减少了废物。将干燥的泥土放入马桶顶部的容器中，泥土落入盆中，很快就能将排泄物分解。现代版本的土厕至今仍在使用，被称为"堆肥厕所"。

▼ 日本在现代马桶设计方面处于领先地位。这是一个电子免治马桶座

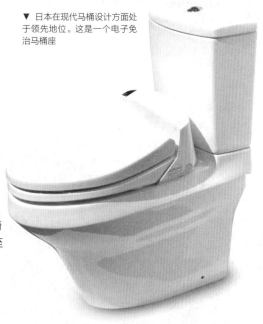

智能马桶

1982年

对一些人来说，冲水马桶还不能满足他们的需求，而智能马桶的出现恰恰满足了那些想要更享受如厕的人。日本尤其喜欢这种免治马桶座，它是西方马桶涌入日本社会的改良版本。这种设计是在上完厕所后喷出一股温水清洁肛门并对其进行干燥处理。还有一些现代装置，包括节水装置、座椅加热器、内置香水和播放舒缓音乐。有些马桶甚至会分析排泄物的健康状况。

小便池

1830年

第一个现代公共小便池出现在法国，位于巴黎的圣林荫大道上。最初在1830年7月革命期间作为路障使用，当时已经非常出名。但很快，小便池就成为欧洲城市街道上的重要部分，因为工业革命开始后，人们大规模移民到城市地区，对小便池的需求量很大。这些小便池降低了随地小便的概率，而且由于一些公共小便池收费，还为国家提供了一项收入来源。

别具一格的
迷你裙

1965 年 10 月 30 日

1965 年 10 月，模特简·诗琳普顿（Jean Shrimpton）在墨尔本杯嘉年华（Melbourne Cup Carnival）现场穿了一条迷你裙，她可能并没有意识到，她实际上正在为发起一场女装革命提供助力。迷你裙是伦敦设计师玛莉官的发明，她用自己最喜欢的汽车品牌来命名自己的作品。迷你裙如暴风雨般在整个时尚界掀起了热潮，帮助世界各地的女性摆脱了老式的穿衣风格。

健康与医药

恐怖的医疗器材

随着技术的进步，医生们使用的医疗工具和机器也在进步。曾经的那些医疗器材会让人感到害怕，但往往有些人只能依靠它们才能生存下去。

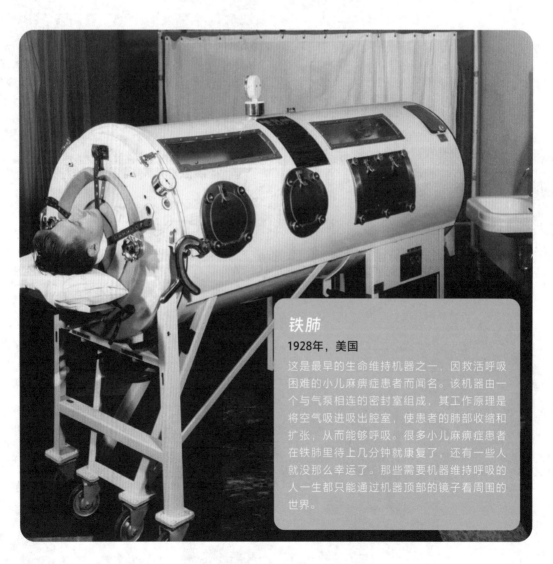

铁肺

1928年，美国

这是最早的生命维持机器之一，因救活呼吸困难的小儿麻痹症患者而闻名。该机器由一个与气泵相连的密封室组成，其工作原理是将空气吸进吸出腔室，使患者的肺部收缩和扩张，从而能够呼吸。很多小儿麻痹症患者在铁肺里待上几分钟就康复了，还有一些人就没那么幸运了。那些需要机器维持呼吸的人一生都只能通过机器顶部的镜子看周围的世界。

取子弹器

16世纪，欧洲

13世纪早期枪炮进入战场后，彻底改变了战争的面貌。在取子弹器这一突破性器材发明之前，只有靠近皮肤表面的子弹才能被移除。但有了取子弹器就可以挖得更深，找到藏在身体深处的子弹。该装置由一根空心杆组成，其中包含一个螺钉，顶部的手柄可以延长或缩短螺钉。将取子弹器置于患者的伤口内，拉长螺钉后可以穿过子弹并将其取出。

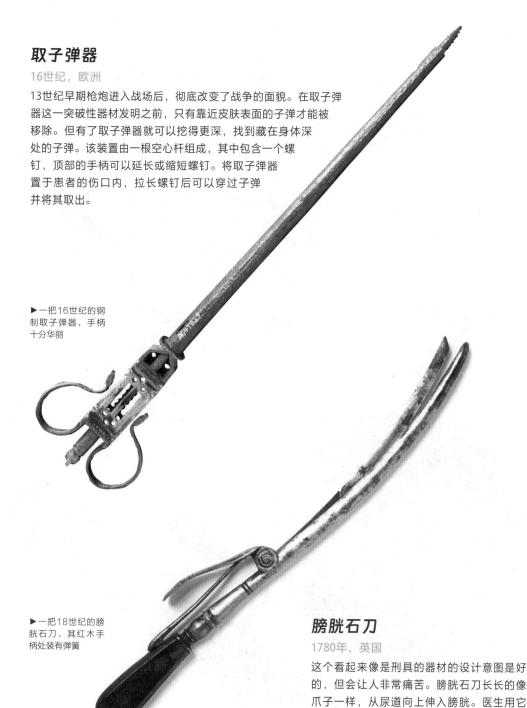

▶一把16世纪的钢制取子弹器，手柄十分华丽

▶一把18世纪的膀胱石刀，其红木手柄处装有弹簧

膀胱石刀

1780年，英国

这个看起来像是刑具的器材的设计意图是好的，但会让人非常痛苦。膀胱石刀长长的像爪子一样，从尿道向上伸入膀胱。医生用它夹住小的膀胱结石并将其取出，或者用刀片将较大的膀胱结石切成薄片，这样患者就能自然排出结石。整个手术过程都是在病人完全清醒的情况下进行的，必然要忍受巨大的痛苦！医生在手术过程中还要避免切到膀胱，否则可能导致病人失血过多而亡。

脱臼复位器

公元前5世纪，希腊

希波克拉底被认为是西方医学之父，他详细介绍了治疗肩膀脱臼的最古老的方法。他制作了一种类似梯子的装置，把受伤的手臂吊在上面，然后用力向下拉，就可以将手臂复位。16世纪，法国皇家外科医生安布鲁瓦兹·帕雷（Ambroise Paré）重新引入了希波克拉底的方法，并沿用至今。

凿骨刀

1830年，德国

在麻醉剂还没有普及的时候，截肢是非常痛苦且危险的手术。手术过程中锤子、凿子和锯子齐上阵才能将骨头劈开，周围的组织也会遭到破坏。医生需要找到一种方法来加快手术速度，降低并发症的风险。解决这一问题的器材便是凿骨刀，这是一种带有链条和锋利切割齿的刀具，可以手动转动。

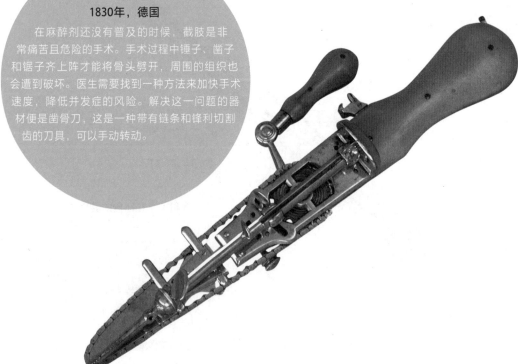

曾经的日用品

牙膏

公元前5000年，古巴比伦人和埃及人会将牛蹄、蛋壳和浮石烧成粉末来清洁牙齿。而古希腊人和古罗马人更喜欢磨砂的感觉，他们会另外加入碎骨头和牡蛎壳。公元前500年，中国人在粉末中加入人参和草药薄荷。这些牙粉最终在19世纪变成了膏状。但针对牙齿美白和预防蛀牙的研究发展得相对较晚，直到1914年才出现这些品类。

梳子

据说我们要感谢猿猴祖先头上的虱子，这也意味着人类已经与这些吸血动物斗争了数十万年。这也似乎是梳子最早的用途之一。梳子可以追溯到新石器时代，甚至出现在了古埃及的坟墓里。而同时代的斯巴达人将梳头作为战前仪式的一部分。梳子兼具礼仪和实用功能，历史悠久而错综复杂，是最古老的日常工具之一。

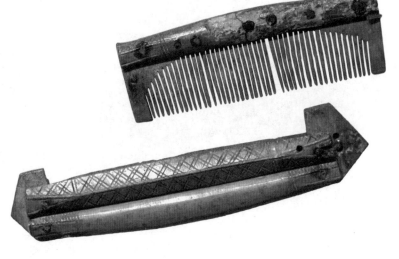

▶ 北欧海盗在海上航行时携带用鹿角和骨头制成的梳子

▼ 米斯瓦克是萨尔瓦多雷桃属植物的树枝，几千年来一直被用作天然牙刷

牙刷

人类最早可能是用手指来刷牙的，但古巴比伦人和古埃及人会用"咀嚼棒"来刷掉嘴巴里那种黏腻的感觉。古代中国人在此基础上进行了改良，将其中一端磨尖。到了15世纪，他们开始将猪毛插进骨头或竹子的小洞里作为刷毛。当这种牙刷传播到欧洲后刷毛换成了马毛。威廉·阿迪斯（William Addis）于1780年设计出了现代牙刷，美国杜邦公司发明合成材料后引入了尼龙刷毛。

厕纸

西汉，中国人发明了纸，据说宋朝的一位皇帝是第一个使用厕纸的人。当时世界上的其他人用的都是身边随手可及的东西，比如现在你手里拿的书。1818年的《农民年鉴》上专门留了一个孔，这样人们就可以把它挂在厕所里。直到1857年厕纸才开始普及。

▲ 殖民时期的美国用玉米芯充当厕纸

剃刀

欧洲人的祖先尼安德特人因为体毛旺盛带来了很多问题，他们的毛发里会生很多虱子，湿了会结冰，饭后还会变得凌乱不堪。石器时代，人们将蛤壳和燧石当作剃刀，剃除身上的体毛。后来出现了更实用的工具，古埃及人用铜和金制作出了刃口剃刀。

▶ 1895年，旅行公司销售员金·坎普·吉列（King Camp Gillette）推出了一次性双刃剃刀

体香剂

人自古以来就有体味，可体香剂不是一开始就有的。在体香剂发明之前，人们用芳香的植物和精油来掩盖汗味，古埃及人当时就以他们的香水而闻名世界。香水对古罗马和古希腊文明影响很大，之后传播到了欧洲，但直到19世纪真正的体香剂才出现，只不过当时的形态是浆糊状的，被称为"玛姆"（Mum）。

Perspiration odour ruins romance !

Trouble in the air . . .

Don't wait till this happens to you! Make sure you are nice to be near with Mum Cream. Clinical tests by skin specialists have proved that Mum actually stops perspiration odour 24 hours a day. Yet gentle Mum does not interfere with natural perspiration. Buy Mum Cream — and use it always !

Standard size 2/- New Handy size 10d.

Effective
MUM Cream
stops perspiration odour best !

尿和老母鸡竟是治疗
黑死病的"良药"？

14世纪黑死病在欧洲夺去了
2亿多人的生命。当时的人们每天都
心惊胆战，无奈之下，只好用各种偏方
来预防和治疗。

患者要定期服用蜂鸟药方或者由刚下
的鸡蛋的碎壳与碎金盏花、麦芽酒和糖蜜
制成的药水。糖蜜是主要的配方，但只有十
年以上的糖蜜才有效果。据说，还有一种配方
是尿，当时人们普遍认为每天喝两杯可以预防
黑死病。

此外，人们以为把面包放在疖子处用火烧
就可以除去体内的病毒，还有更不可思议的偏方
是把一只活母鸡绑在疖子上。医生们后来发现，
在感染黑死病的早期阶段，剪掉水泡、排出脓液
后敷上药膏相对更有效一些。药膏通常由树脂、
白百合根和干燥的人类粪便、砷或干蟾蜍制成。

据说黑死病是由瘴气引起的，所以人们认
为最好的预防方法是随身携带几袋甜香草和香料
（或香丸），在家里也烧这些香料。但也有很多
人禁食祈祷，还加入鞭笞派，以偿还自己的罪过。

▶ 17世纪早期黑
死病医生的服装

古埃及人发明的假肢

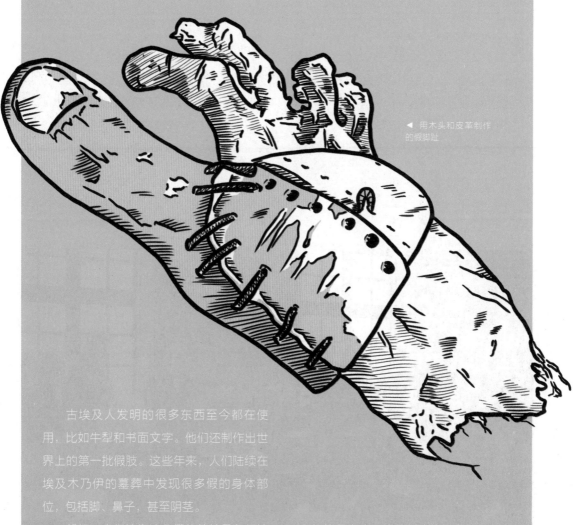

◄ 用木头和皮革制作的假脚趾

古埃及人发明的很多东西至今都在使用，比如牛犁和书面文字。他们还制作出世界上的第一批假肢。这些年来，人们陆续在埃及木乃伊的墓葬中发现很多假的身体部位，包括脚、鼻子，甚至阴茎。

起初，人们认为这些假体纯粹是象征性的，只是为了确保死者往生后可以生育，可以逃离危险或者可以闻到甜酒的味道。直到2000年出土了一个公元前950年到公元前710年的用木头和皮革制成的假脚趾。这个假脚趾随后在志愿者身上进行了测试，结果表明确实是有实际作用的。这一发现证明了古埃及人的智慧。

"子宫游走"的女性

在维多利亚时期，分离性障碍（旧称癔症、歇斯底里症）是很普遍的病症。据 1859 年一位医生所说，四分之一的女性都有癔症的倾向。她们的症状五花八门，包括昏厥、焦虑、易怒、性欲两极化、食欲两极化和痉挛等。根据历史学家雷切尔·梅恩斯（Rachel Maines）的说法，患有癔症的人"有制造麻烦的倾向"。古希腊人认为癔症是因为"子宫在身体里到处游走"，而维多利亚时代的人则认为这是"女性的问题"，通常会采用冷水浴或高压淋浴的治疗方式，而在特别极端的情况下，会强行将女性送入精神病院进行子宫切除术。如今，我们知道了癔症是经前痉挛和焦虑，以及癫痫或者更严重的精神问题导致的。

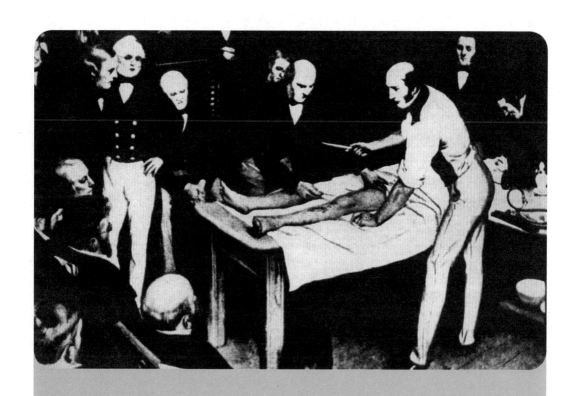

30 秒完成截肢
手术的医生

19 世纪，伦敦医生罗伯特·利斯顿（Robert Liston）因为可以在 30 秒或更短的时间内完成截肢手术而名声大噪。他被认为是当时全英国最好的外科医生，因为他能快速完成非常危险的手术，帮助病人减少痛苦。然而，速度很快的情况下难免出现纰漏。

但利斯顿曾经的一场截肢手术如今已被视为反面教材。据说，当时他正在进行截肢手术，为了争取最佳时间，他锯断了病人的睾丸，然后不小心割断了一名护士的手，最后还刺中了一名围观学员的胃。最终，患者、助手、围观学员都在这台手术中死了。

"跳舞瘟疫"致 400 人死亡

1518 年，"跳舞瘟疫"席卷了法国斯特拉斯堡市（当时是神圣罗马帝国的一部分）。连续几天几夜，不断有人感染瘟疫后不停地跳舞直到倒下。总共有大约 400 人因此死亡。

这并不是"跳舞瘟疫"第一次暴发，它在 14 世纪时就曾出现在附近的一个城镇，而 16 世纪后期，欧洲各地暴发了规模较小的"跳舞瘟疫"事件，最终在 17 世纪晚期彻底消失。"跳舞瘟疫"的症状因人而异，一些人声称瘟疫是自发的，还有一些人则认为这是有组织的事件。但当时的消息称，这些感染者都是无意识地在舞动，他们无法控制自己的身体。对一些人来说，跳舞会让他们狂喜和满足，而很多人则出现幻觉，身体痉挛、抽搐，甚至骨折，最终死亡。

1518 年的"跳舞瘟疫"暴发时，人们排除了超自然或星象原因，一致认为对抗瘟疫的最好办法就是鼓励人们多跳舞。于是请来了很多音乐家，还搭建了场地和舞台。

但到底是什么让全镇的人都"跳舞至死"呢？很多人认为是因为麦角中毒，但也有人认为这是邪教组织的活动。

救了 13 个人的假医生

见过费迪南德·沃尔多·德马拉（Ferdinand Waldo Demara）的人都说，他看起来是一位经历很丰富的人物。他在人生的不同阶段做过外科医生、教师、海军军官、监狱副狱长、医院护工、律师、编辑和癌症研究人员等。他还做过一段时间的特拉普派修道士和本笃会修士。为了得到这些工作，他会根据自己所处的环境来捏造身份，通常是借用当时还在世的一些人的身份信息。

为了不被他人识破，德马拉还会伪造成绩单和文件，于是获得了"大骗子"的绰号。在大多数工作中，他都表现得很出色，而且成功逃脱了追捕，认识他的人都会说他智商高，记忆力也很好。

但他最大胆的一次欺骗导致了他最终暴露。他以加拿大医生约瑟夫·西尔的身份，于 1951 年在"卡尤加"号驱逐舰上工作了几个月。他参考医学教科书为士兵做手术，甚至在一次大手术中从一名男子的胸部取出一颗子弹。

德马拉挽救了 13 条生命，被赞誉是英雄，但随后的新闻报道揭露了他是一个骗子的事实。他的经历让无数人震惊，成为电影《大骗子》（The Great Impostor）中托尼·柯蒂斯（Tony Curtis）扮演的角色的原型。

有害健康的"卫生"习惯

现在的科学向我们证明了保持清洁和良好的个人卫生的重要性，但过去很多时候人们对于如何保持身体健康一无所知。看了下面这些令人不适的事例，你会感谢你出生在现代。

尿液漱口水

氨是家用清洁剂的常见成分，也存在于尿液中。当古罗马人听说了尿的清洁功能后，就用尿液来洗衣服。而且，他们还认为有去渍功能的尿液可以用来清洁和美白牙齿，所以他们经常用尿来漱口。

鼠毛制的假眉毛

美容时尚随着时代的变化而变化。18世纪，女性都不喜欢浓眉。她们把眉毛拔细，用铅笔画出高高的眉峰，或者直接把眉毛剃掉，用老鼠毛做的假眉毛代替。

壁橱里的马桶

中世纪，人们家用的马桶基本上是在一个盆上面盖
一块木板，盆放在中间的洞里。马桶通常放在衣帽
间的壁橱里，而且人们经常把衣服放在那里，因为
马桶的气味有助于驱赶飞蛾。

龋齿

都铎王朝的人们知道糖会让他们长蛀牙，但因为当时糖
非常昂贵，是财富的象征，所以都铎王朝的女性会故意
把牙齿涂黑，让牙齿看起来像是龋齿。

生发药剂

17世纪，一种常见的治疗秃顶的方法是将钾盐与鸡粪混合，然后在头皮上揉搓。脱毛
用的则是鸡蛋、醋和猫粪混合成的糊状物。

偶然发现的救命良药

青霉素的传奇故事始于偶然的发现。1928年8月,苏格兰科学家亚历山大·弗莱明(Alexander Fleming)在实验室里连续努力工作了几个月,于是他决定休一个月的假去看望家人。

他迅速收拾了一些东西,离开了伦敦,留下了一片狼藉的实验室。在这堆乱糟糟的东西中,有几个装满葡萄球菌的培养皿。当时的弗莱明还没有想到,这些培养皿会让他发现足以彻底改变医学界的良药。

回到伦敦进入实验室后,弗莱明立即注意到有一个培养皿上长出了一种独特的霉菌。这种霉菌杀死了周围所有的葡萄球菌。

一番整理后,弗莱明试图用纯培养[①]技术再生霉菌。不久之后他就成功了,在对各种细菌进行培养试验后,他发现这种霉菌成功杀死了几种致病细菌。意识到这一新发现后,弗莱明对外公开发表了他的研究成果,于是现代抗生素青霉素的前身就诞生了。

---

① 纯培养:指只在单一种类存在的状态下所进行的生物培养。——编者注

世界上最古怪的疗法

纵观历史，人类一直在寻求治疗世上所有疾病的方法。古代人们有时会用稀奇古怪的方法来减轻病人的痛苦。很多这样的疗法都不只是让人有点不适（更别说有些根本没用），而是非常危险，而且往往都是致命的。接下来让我们来看看历史上那些颇为大胆且疯狂的治疗方法，同时也感谢现代医学已经如此先进了。

与头骨同眠

在古巴比伦，头骨被认为可以治愈许多疾病。根据病症的不同，病人需要在头骨旁边睡上几个星期，或者进行亲吻和舔舐头骨的仪式。

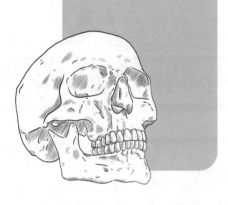

治疗性病的水银

对于那些恶性梅毒，水银是一种普遍的治疗方法。这种方法通常有一定的效果，但患者会经受很多副作用的折磨，包括震颤、肌肉痉挛，甚至出现幻觉。

钻孔疗法

钻孔疗法被用来治疗头痛和大脑问题，但通常是在没有任何止痛或麻醉的情况下在颅骨上钻孔。

放血疗法

放血是为了平衡人体内的四种体液（黄胆汁、黑胆汁、痰和血），这种疗法几千年来一直都很受欢迎。但如果失血过多，就离失去生命不远了。

山羊的睾丸

20世纪初，一个假医生声称，他可以通过手术将山羊的睾丸植入男性的阴囊来治愈阳痿。这当然是行不通的。

人体做的"药方"

三个世纪前，人类的骨骼和血液还被当作头疼、癫痫等各种疾病的药方。

最受欢迎的一种药方是木乃伊粉末，被用来治疗溃疡、胃痛和头痛。据说这种粉末是用古埃及法老的骨灰制成的，不过真实情况更有可能是，制药人把附近墓地里当地人的骨灰磨成了粉末。

查理二世是尸体医学的狂热追随者，他发明了一种由头骨粉末制成的液体长生不老药，称之

为"国王药水"。他会定期服用药水来保持身体健康。

　　然而，不仅仅是皇室和贵族相信尸体制成的药有助于身体健康，当时的人们都相信国王的血可以治疗农民所患的许多疾病。因此当查理一世被处决时，人群蜂拥而上想要抹干净街道上的血迹。古罗马人也同样认为角斗士的血可以治疗癫痫。

▼ 查理一世处决现场。人们认为王室血液可以治病

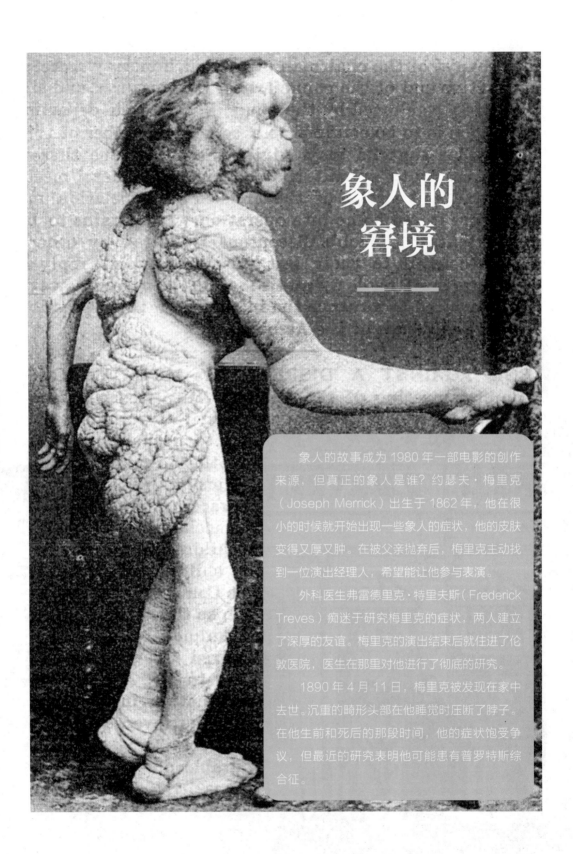

象人的窘境

象人的故事成为 1980 年一部电影的创作来源，但真正的象人是谁？约瑟夫·梅里克（Joseph Merrick）出生于 1862 年，他在很小的时候就开始出现一些象人的症状，他的皮肤变得又厚又肿。在被父亲抛弃后，梅里克主动找到一位演出经理人，希望能让他参与表演。

外科医生弗雷德里克·特里夫斯（Frederick Treves）痴迷于研究梅里克的症状，两人建立了深厚的友谊。梅里克的演出结束后就住进了伦敦医院，医生在那里对他进行了彻底的研究。

1890 年 4 月 11 日，梅里克被发现在家中去世。沉重的畸形头部在他睡觉时压断了脖子。在他生前和死后的那段时间，他的症状饱受争议，但最近的研究表明他可能患有普罗特斯综合征。

拿破仑的咳嗽
杀了 1200 人

自封为法国皇帝的拿破仑·波拿巴（Napoleon Bonaparte）不小心下令处决了1200名囚犯，这与其说是真实的历史事实，不如说是一个传奇故事。

在拿破仑统治时代（1799—1815）初期，拿破仑正在考虑是否释放1200名土耳其战俘。法国刚刚失去了对埃及的控制，正试图重新部署，以阻止英国海军的进攻。据说拿破仑就是在那时说了句"要命的咳嗽"（Ma sacrsame toux）。但一位军官听到的是"一个都不留"（Massacrez tous）。这就导致了一场灾难性的误会，据说1200名囚犯全都被处死了。

致命"铅糖"误用为葡萄酒甜味剂

如今，人造甜味剂已经成为我们日常饮食的一部分，但在古罗马时代，它还是新潮的美味时尚。醋酸铅是一种常用来减轻葡萄酒天然苦味的盐，有时被称为"铅糖"。虽然说古罗马帝国的灭亡不大可能是因为他们在酿酒过程中使用了铅，但想想古罗马人的杯子里装过多少葡萄酒，那么嗜酒人士常常铅中毒也就不足为奇了。

几个世纪以来，铅糖一直被用于酿酒，而教皇克莱门特二世也因铅糖而死，这位教皇酒量可不容小觑。一些历史学家甚至认为是铅糖导致了作曲家贝多芬的死亡。

the Pill

避孕药在美国获批

————

1960 年 6 月 23 日

　　由于资金匮乏，荷尔蒙避孕药的研制一度停滞不前，后来，凯瑟琳·麦考密克（Katharine McCormick）出资赞助，使得这项研究得以继续进行。1957 年，一种治疗月经问题的药片问世，但直到 1960 年避孕药才公开上市。到 1965 年，美国每 4 名 45 岁以下的已婚女性中就有 1 名服用避孕药。1972 年之前，只有已婚妇女才可以开这种药。

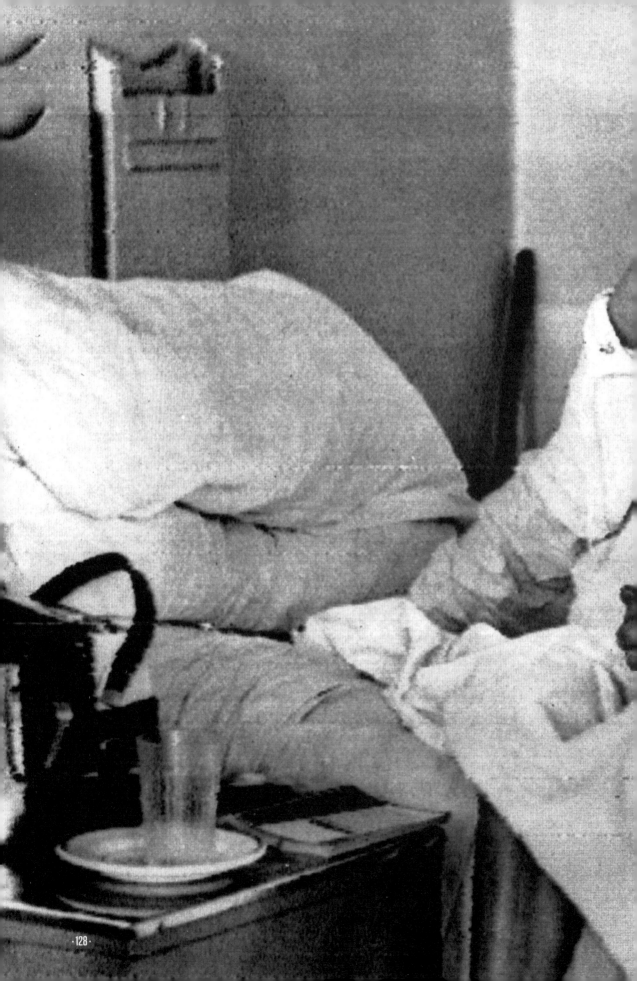

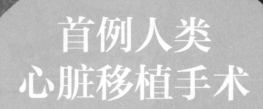

首例人类
心脏移植手术

1967 年 12 月 3 日

心脏移植手术成功后，路易斯·沃什坎斯基在床上坐了起来，这是历史上首例成功的心脏移植手术。外科医生克里斯蒂安·巴纳德在南非开普敦格罗特·舒尔医院进行了长达 9 小时的手术。手术之后，沃什坎斯基需要接受免疫系统抑制治疗来确保移植的心脏不会受到排斥。但遗憾的是，在这一过程中他患上了肺炎，18 天后不幸离世。

体育、艺术与娱乐

足球比赛中的上帝之手

1986 年世界杯四分之一决赛阿根廷对阵英格兰，阿根廷足球运动员迭戈·马拉多纳（Diego Maradona）攻入首球。回放显示，球是马拉多纳用手打进去的，但马拉多纳声称是"借助一点马拉多纳的头脑和一点上帝之手"才进的球。后来他又进了一个球，阿根廷取得了那场比赛的胜利，并最终赢得了世界杯。

OPEL

参加波士顿
马拉松的第一位女性

1967 年 4 月 19 日

凯西·斯威策（Kathy Switzer）成为第一位报名并参加波士顿马拉松比赛的女性，这是一种低调的反抗行为。教练告诉她，一个"柔弱的女人"不能跑完全程，而且一名裁判曾试图把她拖离队伍，即便如此，斯威策还是在 4 小时 20 分钟内完成了比赛。斯威策的这一行为对 1972 年取消禁止女性与男性赛跑的规定起到了推动作用。

2000 年前的
布娃娃

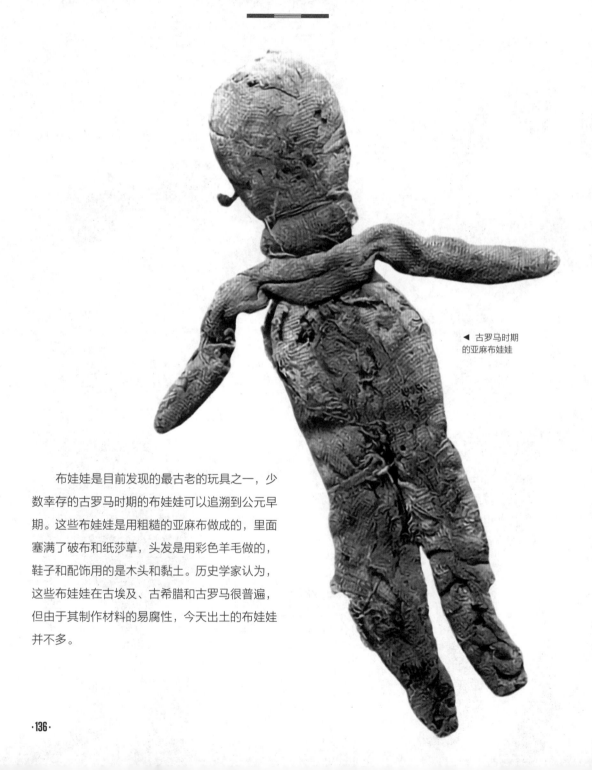

▶ 古罗马时期
的亚麻布娃娃

　　布娃娃是目前发现的最古老的玩具之一，少
数幸存的古罗马时期的布娃娃可以追溯到公元早
期。这些布娃娃是用粗糙的亚麻布做成的，里面
塞满了破布和纸莎草，头发是用彩色羊毛做的，
鞋子和配饰用的是木头和黏土。历史学家认为，
这些布娃娃在古埃及、古希腊和古罗马很普遍，
但由于其制作材料的易腐性，今天出土的布娃娃
并不多。

古罗马人的消遣方式

饱餐后催吐

古罗马的富人很喜欢他们的食物，所以即使吃饱了也会催吐后继续吃。这被认为是高档餐饮的一部分，用餐过程会有奴隶负责清理呕吐物。

虐待奴隶

由于奴隶被视为财产，古罗马人可以虐待奴隶。当时古罗马人认为奴隶"没有人格"，是供拍卖或出售的商品。买家甚至可以在六个月内退"货"退款。

放肆涂鸦

意大利庞贝城墙上涂鸦的数量之多让专家们深感惊奇。这些涂鸦内容包括自我吹嘘、侮辱谩骂的话，比如"菲勒洛斯是个太监"和"老板狗屁不如！"

以流血为乐的运动比赛

像在橄榄球这样的身体接触类运动中难免会看到有人鼻子被打出血。下面这些运动赛事非同一般，因为比赛流血是常事。

斗鸡比赛
1646年至今
斗鸡是一项经久不衰的热门血腥比赛，在一些国家仍然是合法行为。在进入斗鸡场之前，需要把公鸡的喙锉平，翅膀剪短。更血腥的是，公鸡的爪子上装有马刺，在斗争中可将对手一击致命。斗鸡场上最多可以有32只鸡同时开战，这项运动在博彩市场很受欢迎。

▲ "斗鸡"是专门为斗鸡比赛培育的鸡

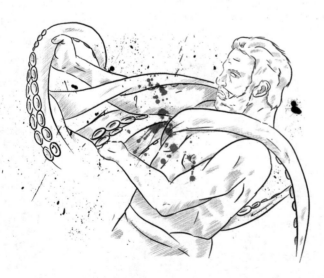

章鱼摔跤比赛
20世纪
20世纪60年代，成千上万的美国人热衷于观看潜水员把章鱼扑倒在地的画面。这项运动在西海岸特别受欢迎，潜水员在水面以下15米的地方寻找章鱼。激烈的对抗通常会以潜水员胜利将筋疲力尽的章鱼带到水面而告终，但往往要经历一番激烈的搏斗。

徒手拳击比赛
17世纪至今

徒手拳击于17世纪在英国兴起。拳击会限制抓握的位置，而且禁止击打倒下的对手。这项运动衰落了一段时期后又引入了新的规则，到19世纪后半叶，拳击已经成为有组织的赛事，而不是无规则的打闹。比赛每回合之间的休息时间只有30秒，对打时对耐力有很高的要求。在没有拳击手套的情况下，出拳往往意味着手部骨折。当时著名的拳击冠军包括约翰·古利（John Gully）、汤姆·克里布（Tom Cribb）、杰姆·贝尔彻（Jem Belcher）和约翰·沙利文（John L. Sullivan）。

◀ 据说亨利八世的古怪行为是由一次比武事故引起的

枪术对决 11世纪至17世纪

枪术对决最初是一种军事演习，很快在中世纪成为一种娱乐活动。当时的骑士比武大会和其他锦标赛都精心策划，以激发出骑士的最佳表现。对决时两人在马背上用4米长的钝枪快速地互相攻击。如果第一回合结束时仍没有长枪被折断或骑士摔下马背，他们将再次比赛，直到折断三支长枪或一名骑士摔倒在地。熟练的骑术和控枪术是胜利的关键。

胜利的一方将获得奖金以及被击败对手的盔甲和马匹。经验丰富的比武者甚至会前往该国的其他地区与新的对手对峙，以提高他们的声誉。

埃菲尔铁塔上第一个跳伞的人

弗朗茨·雷切尔特（Franz Reichelt）的事迹告诉我们不要轻易以身试险。雷切尔特的想法是制作一套可以让人在空中滑翔的衣服，于是他尝试用各种质地的布料来制造降落伞。他决定从埃菲尔铁塔上跳下去来测试衣服的性能，向世界证明他的发明能把他安全送到地面。

他邀请了媒体来观看，包括世界上第一批电影摄制组，他们想尽办法记录下了接下来发生的事情。当雷切尔特从塔上跳下来时，那块布裹在了他身上，把他紧紧捆了起来，他头朝下摔在了地上。

巴黎的新闻记者后来讲述说，他摔到地面后双腿碎裂，头骨和脊柱骨折，眼睛因恐惧而瞪着。他的自负导致了这场悲剧。

致命的接子弹魔术

自魔术表演出现以来，最危险的一个表演就是接子弹，它在所有魔术中伤亡率最高。表演中子弹上膛朝着魔术师开枪，魔术师则用手用牙齿接住子弹。无数魔术师因此丧命，而其中一位因身份造假更是声名狼藉。

程连苏是一个美国人，但他假扮成中国魔术师。他在舞台上从没有露出马脚，也从不说英语，甚至在接受采访时也有翻译在场。1918 年在伦敦表演接子弹时，枪膛没有清空，于是子弹射入了他的胸膛。

这是程连苏第一次露馅，他用英语说："哦，我的天哪，快把幕布放下来。出事了。"第二天他就死了。

罗尔德·达尔为获情报引诱妇女

写下《好心眼巨人》（The BFG）和《玛蒂尔达》（Matilda）的儿童作家罗尔德·达尔（Roald Dahl）在第二次世界大战期间做了一份限制级的工作。在美国参战前，达尔应召和上流社会的妇女一起睡觉。

1940年，达尔是一名皇家空军战斗机飞行员，他在利比亚上空被击落，头骨骨折，暂时失明，无法飞行。1942年，他被调到英国驻华盛顿大使馆做文书工作。他在那里的上流社会女士中非常受欢迎，英国情报部门很快就为他安排

了另一个工作——引诱妇女，利用她们促进英国在美国的利益。

这一行动的主要目的是对抗"美国优先"运动，拉拢美国加入欧洲战场。众所周知，达尔曾与标准石油公司的女继承人米莉森特·罗杰斯（Millicent Rogers）有暧昧关系，而且与许多其他知名公众人物建立了友谊，包括副总统亨利·华莱士（Henry Wallace）和白手起家的得克萨斯州报业大亨查尔斯·马什（Charles Marsh）。

自断手臂脱离
困境的登山者

　　作为一名经验丰富的登山者，阿伦·拉尔斯顿（Aron Ralston）认为自己能克服他州蓝约翰峡谷的所有困难。2003年4月26日，这一信念迎来了最极端的考验。拉尔斯顿在一处狭窄的峡谷下降过程中，一块360公斤重的巨石松动，砸在了他的手臂上，他在崖壁上动弹不得。受伤的拉尔斯顿花了五天时间试图撬开巨石，最后还是决定铤而走险先保住性命。喝完最后一口水后，他挥起那把已经钝了的小刀，开始最后一搏：自断手臂。

　　为了防止失血过多，拉尔斯顿用一条自行车短裤做了一个止血带，然后开始切割手臂。第一步是弄断小臂的骨头，他强扭过身子绕着巨石折断桡骨和尺骨。在巨大的痛苦之中，他用钝刀将手臂与骨头连接的部分断开。一个小时后，他终于自由了。

　　他到了峡谷底部，找了一些水，开始徒步向城市出发。后来，两名荷兰游客发现了他，把他送上了一架直升机，迅速将他送往医院。在经历了极限的生死挑战后，拉尔斯顿终于脱离了危险。

女子足球被禁 50 年

第一次世界大战期间，大量妇女聚集在一起工作。此时，体育赛事开始涌现，足球在社交活动中非常受欢迎。工厂老板们积极鼓励妇女参加运动，因为运动能让工人更加健康幸福。

足球这项增进友谊的娱乐活动很快就变成了激烈的竞争，而且还成立了几支球队。其中最著名的是科尔女子足球俱乐部的迪克队，在普雷斯顿地区活动。该俱乐部成立于

1917 年，第一场比赛吸引了 1 万名观众。同年，布莱斯斯巴达人赢得了比赛，前锋贝拉·雷（Bella Reay）上演了帽子戏法。1920 年节礼日[①]，当 5.4 万名观众拥入古迪逊公园球场时，女子足球比赛的名声达到了顶峰。不幸的是，女子足球在 1921 年被禁止，当时社会认为女性应该回归家庭。直到 50 年后的 1971 年禁令解除，女足才正式回归。

① 节礼日：圣诞节次日或圣诞节后的第一个工作日。——编者注

纳粹
"人力战车"
比赛

在纽伦堡拉力赛上,青年们参加了一场"人力战车"比赛。这样的纳粹宣传活动每年都会举行,目的是宣示德国人与纳粹党之间的团结。在这些奇怪的庆祝活动中,有人在唱瓦格纳的歌,有操练队形的,也有体育比赛,比如希特勒青年组织举办的这场"人力战车"比赛。

命运多舛的《最后的晚餐》

达·芬奇在世时他的《最后的晚餐》就被认为是一部杰作。但由于达·芬奇的作画方式，这幅画完成后没几年就开始剥落了。传统的壁画必须在潮湿的灰泥上快速作画，但达·芬奇不想画得太仓促，于是他在干灰泥上慢悠悠地勾勒，所以说这幅画在创作时就不太规范。

1652 年，这幅画迎来了新的灾难，一群修道士决定在这幅画所在的墙壁中间开一扇门，因此画中耶稣的双腿就此被抹除了。

早期人们挽救这幅画的做法非常粗糙，甚至用到了酒精和苛性钠。1821 年，一位名叫斯蒂凡诺·巴雷齐（Stefano Barezzi）的画家决定把画从墙上取下来装在画布上。当他意识到自己正在破坏《最后的晚餐》时，他又哼哧哼哧地把碎片粘回去了。

1796 年，当拿破仑胜利进军米兰时，法国军队驻扎在修道院。存放《最后的晚餐》的房间变成了马厩，士兵们用这幅画来练习打靶。但最危险的一次是墨索里尼领导的意大利加入"二战"时，米兰被盟军轰炸机袭击了大约 50 次。1943 年 8 月 16 日晚，一枚 10 吨重的炸弹落在修道院。但让人惊讶的是，这幅画在沙袋的保护下竟完好无损。

查理·卓别林的荒诞婚姻史

卓别林结婚多次，每次持续的时间都很短。他的第一个妻子是女演员米尔德里德·哈里斯（Mildred Harris），当时她只有 17 岁（卓别林当时 29 岁）。1918 年，他们误以为米尔德里德怀孕，所以匆忙结婚。1920 年，两人离婚。

四年后，卓别林悄悄地娶了另一位女演员，16 岁的丽塔·格雷（Lita Grey）。这次格雷真的怀孕了。六个月后，他们的儿子小查尔斯出生了，但格雷在 1926 年的离婚申请中提到了卓别林的不忠、虐待和"变态的性欲"。

1932 年，他和第三任妻子波莱特·戈达德（Paulette Goddard，也是一位演员）开始恋爱，当时她 21 岁。他们于 1937 年结婚，但一年后分居。1943 年，他又娶了 18 岁的乌娜·奥尼尔（Oona O'Neill）。这年，卓别林已经 54 岁了，他与 23 岁的女演员琼·巴里（Joan Barry）卷入了一场亲子诉讼。

卓别林和巴里的恋爱关系触犯了《曼恩法案》，这是一部禁止"贩运女性跨越州界"的旧法律。他被无罪释放，但被法官以"道德败坏"的罪名进行告诫。

输了就要砍头的玛雅比赛

许多玛雅城镇都铺满了砖石的路面，而且还会举办盛大的宴会、仪式和摔跤比赛，以及当时非常流行的玛雅生死球比赛。

一旦这个古老的比赛开场，砖石路面就变成了神圣的战场，成为连接生死的传递门。两支对抗的球队面对面站立，他们需将球控制在赛场内，球被抛入高处垂挂着的圈内即可获得胜利。参赛选手只能使用臀部、肩膀、头部和膝盖传球，禁止使用脚和手。

参赛选手会以闪电般的速度在球场上奔跑，努力带领他们的球队取得胜利，因为一个不小心可能就意味着死亡。

01

1.球场

球场呈"I"形，是一条狭长的球道，两侧是倾斜而上的全封闭墙壁。奇琴伊察球场长96.5米，宽30米。

03

2.队服

传统的队服是带皮革护臀的缠腰布。有时他们也会穿木质或柳条编织的缠腰布，这也有助于臀部发力把球抛得更远。在特殊仪式性场合也会佩戴更加精致的礼仪头饰。

3.陡峭的台阶

可供比赛使用，也可在比赛后举行祭祀仪式。

6. 石环

如果球穿过垂直的石环，则该队获得关键性的一分。但这些石环几乎和球一样大，而且被放置在球场的高处，例如，奇琴伊察球场的石环在六米高的地方。

5.橡胶球

比赛中使用的是实心橡胶球，通常由橡胶树的乳胶制成。这种球非常重，如果被击中就可能会受重伤甚至死亡。有证据表明，头骨也曾被当作比赛用的球。

4.石雕壁画

场地周围的墙壁被涂上灰泥，然后在上面作画，墙上有许多石头浮雕，刻画了竞技场上的比赛故事，以及俘虏和祭祀的场景。

在玩笑中诞生的板球赛系列骨灰杯

英格兰板球运动的历史悠久而辉煌。第一个记录在册的比赛发生在 16 世纪的吉尔福德，该运动在英国的推动下很快传播到了全球。

1882 年，英格兰队在第九次板球测试赛中输给了澳大利亚队，这是他们的第一次主场系列赛。

《体育时报》（ The Sporting Times ）刊登了一篇讽刺的讣告，上面写着："深情地纪念 1882 年 8 月 29 日在椭圆形球场逝世的英国板球，全球亲友对其深表哀悼，愿逝者安息，逝者遗体将被火化，骨灰将被运往澳大利亚。"

因此，英国船长伊沃·布莱（Ivo Bligh）将 1882 年至 1883 年的巡回比赛称为"骨灰寻回计划"。他的计划成功了，1882 年圣诞节举行的一场私人比赛中，澳大利亚队最终落败。

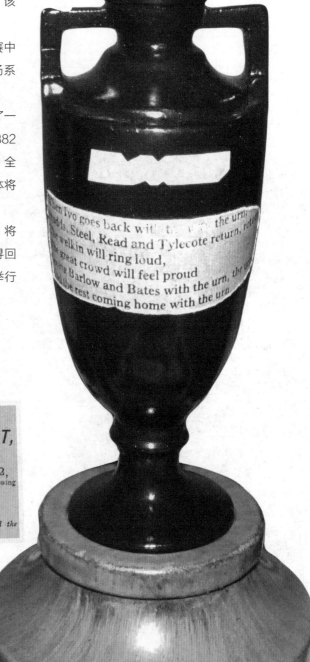

▶1883年的奖杯是一个盛有英国板球"骨灰"的骨灰盒

奥运会期间的休战传统

奥林匹克运动会期间休战的历史可以追溯到几千年前，是由奥林匹克运动员在公元前9世纪发起的，目的是确保奥运会期间的和平。20世纪90年代，这一传统得以复兴，即在奥运会期间停止战争，以便观众观看比赛。最引人注目的是，在2000年悉尼夏季奥运会上，韩国和朝鲜在开幕式上一起站在同一面旗帜下，这是奥运会史上韩国和朝鲜第一次组成共同代表团。

凡·高一生只卖出一幅画

凡·高可以说是一位非同凡响的艺术家，但在他所处的时代，他在法国名声不显。事实上，他一生只卖出过一幅画，即1888年创作的《红葡萄园》（ *The Red Vineyard* ）。1890年，俄罗斯艺术收藏家谢尔盖·舒金（Sergei Shchukin）以大约400法郎的价格买下了这幅作品。几个月后，凡·高自杀了。如今人们可以在莫斯科的普希金美术博物馆欣赏到这幅杰作。

食人故事真的发生了

1838 年，埃德加·爱伦·坡（Edgar Allan Poe）出版了他唯一一部完整的小说《亚瑟·戈登·皮姆的故事》（*The Narrative Of Arthur Gordon Pym Of Nantucket*）。故事中，少年皮姆躲在一艘名为"格兰普斯"的捕鲸船里偷渡。航行中一场风暴折断了桅杆，船员们被困在海面上，饥肠辘辘。在一眼望不到陆地的情况下，船员理查德·帕克（Richard Parker）建议牺牲一人来填饱其他人的肚子。他们用稻草抽签，结果帕克被杀死吃掉了。这部小说的情节怪诞恐怖，但大约 50 年后，小说中的事件居然成真了。

1884 年，"木头人"号载着四名船员从英国启航前往澳大利亚，四人分别是汤姆·达德利（Tom Dudley）、埃德温·斯蒂芬斯（Edwin Stephens）、埃德蒙·布鲁克斯（Edmund Brooks）和 17 岁的理查德·帕克。就在好望角附近，这艘船遇到风暴被击沉，船员们被困在一艘救生艇上。他们决定吃掉其中一人，而帕克因身体不适被选中。

他们获救后，这起案件成为历史上一个臭名昭著的刑事案件，由此出现了同类相食禁令。

保护角斗士权益的工会

说起罗马角斗士，我们就会想到每晚为了活命而与同伴和野兽拼死战斗的一群人，而他们只不过是大众花钱享受的消遣。这差不多就是现实。这些被奴役的战士不仅是嗜血的"玩物"，而且几乎自成一个独立的阶级。他们知道自己在战场上的价值。因此，角斗士们会组建工会或"学院"来凝聚他们这个群体，并因此而出名。例如，角斗士会选举他们自己的领袖，崇拜他们自己的神（在基督教兴起之前，古罗马是多神教的），并在角斗士死亡时以他们的方式举行葬礼。

马克·吐温与哈雷彗星的神奇羁绊

1835年11月30日，美国著名作家塞缪尔·兰霍恩·克莱门斯（Samuel Langhorne Clemens，文学领域称马克·吐温）出生，正是这一天，哈雷彗星与地球相遇。这种宇宙现象平均每76年才发生一次，实属罕见。

到1909年，也就是整整74年后，吐温给出了一个令人难忘的准确预测：他将在哈雷彗星回归的那一天死去，就像他与它同一天进入这个世界一样。有人甚至援引他的话说："如果我不能和哈雷彗星一同离去，那将是我一生中最大的遗憾。无所不能的上帝必然说过：这二者如此离奇而深不可测，他们一起来，也必须一起离去。"

他的预言是对的。1910年4月21日，哈雷彗星再次出现的第二天，吐温死于心脏病发作。

扭摆舞热潮

1960 年夏天

1960 年夏天，在恰比·切克（Chubby Checker）的专辑《扭摆舞》（*The Twist*）登上排行榜，并于 9 月登上公告牌百强单曲榜（Billboard Hot 100）榜首之后，扭摆舞热潮席卷了全美，并迅速蔓延到整个欧洲。1959 年录制的《扭摆舞》单曲只获得了些许成功，但附随的舞蹈却掀起了首次国际舞蹈热潮，从纽约的社交名流到伦敦东区的孩子们都对这个舞蹈无比狂热。

第一部
詹姆斯·邦德
系列电影开始拍摄

1962 年 1 月

《诺博士》是詹姆斯·邦德（James Bond）系列电影的第一部，根据伊恩·弗莱明（Ian Fleming）的畅销书改编。尽管大家对这部影片的评论褒贬不一，但事实证明，它从商业价值来看还是成功的，同时也为接下来的邦德系列电影铺平了道路。肖恩·康纳利（Sean Connery）共七次饰演"邦德"这一角色。

玛丽莲·梦露
之死

——

1962年8月5日

玛丽莲·梦露的管家和精神病医生砸开她紧锁的卧室门后，发现她死在了床上，随后警察将她的尸体推了出来。警方判定，因为她曾长期遭受精神疾病和毒瘾的折磨，所以她很可能是自杀的。然而，阴谋论驳斥了这一点——有人怀疑，梦露的死要么与她和罗伯特·肯尼迪的婚外情有关，要么是暴徒吉米·霍法（Jimmy Hoffa）所为。

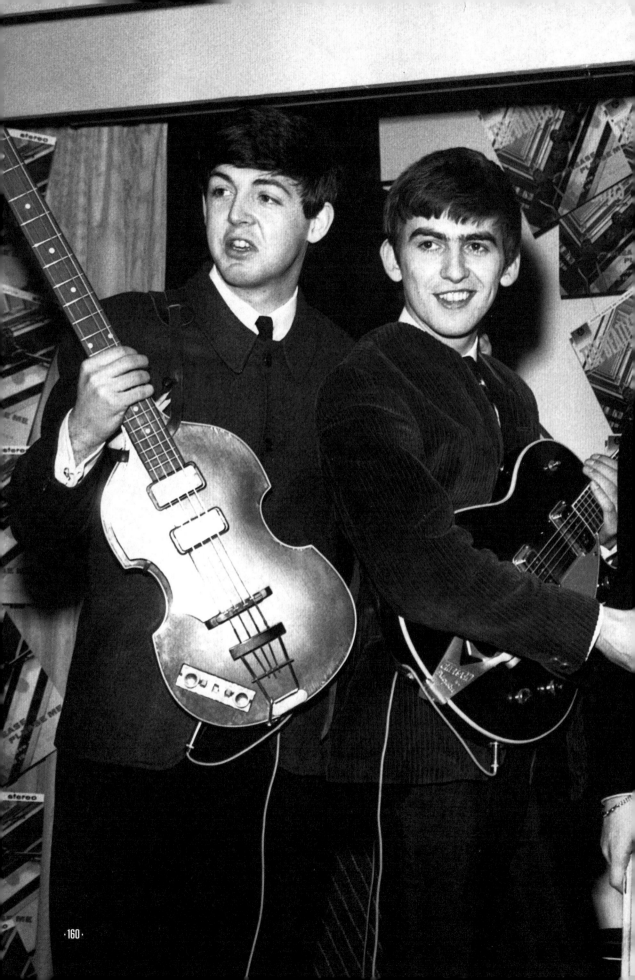

甲壳虫乐队的首张专辑在英国发行

1963 年 3 月 22 日

甲壳虫乐队的首张专辑《请取悦我》永远地改变了流行文化。这支乐队仅用一天时间就以 400 英镑的总成本录制了这张专辑，着实让人吃惊，这张专辑的成功录制也标志着摇滚音乐进入了一个新时代。

乐队成员麦卡特尼（McCartney）和列侬（Lennon）在这张专辑的创作过程中充分展示了各自的才能，同时也揭露了一个事实：歌手也可以成为才华横溢的词曲作者。

摩登派和摇滚派的冲突

1964 年 5 月 16 日

英国发现本国深陷于两大亚文化青年群体的纷争之中：摩登派和摇滚派。摩登派身穿设计师套装，偏爱 20 世纪 60 年代的流行乐，而摇滚派则穿着皮衣，钟情于 20 世纪 50 年代的摇滚乐。1964 年，两个派别之间的紧张关系达到顶峰，在许多海滨城镇爆发了冲突。媒体对这些冲突的报道引发了全国的道德恐慌。

图片所属